GRöLS Verlage

„Bücher sind wie Fallschirme. Sie nützen uns nichts, wenn wir sie nicht öffnen."

Gröls Verlag

Redaktionelle Hinweise und Impressum

Das vorliegende Werk wurde zugunsten der Authentizität sehr zurückhaltend bearbeitet. So wurden etwa ursprüngliche Rechtschreibfehler regelmäßig *nicht* behoben, denn kleine Unvollkommenheiten machen das Buch – wie im Übrigen den Menschen – erst authentisch. Mitunter wurden jedoch zum Beispiel Absätze behutsam neu getrennt, um den Lesefluss zu erleichtern.

Um die Texte zu rekonstruieren, werden antiquarische Bücher von Lesegeräten gescannt und dann durch eine Software lesbar gemacht. Der so entstandene Text wird von Menschen gegengelesen und korrigiert – hierbei treten auch Fehler auf. Wenn Sie ebenfalls antiquarische Texte einreichen möchten, finden Sie weitere Informationen auf www.groels.de

Viel Freude bei der Lektüre wünscht Ihnen das Team des Gröls-Verlags.

Adressen

Verleger: Hermann-Josef Gröls,

Im Borngrund 26, 61440 Oberursel

Externer Dienstleister für Distribution & Herstellung:

BoD, In de Tarpen 42, 22848 Norderstedt

Unsere „Edition | Werke der Weltliteratur“ hat den Anspruch, eine der größten und vollständigsten Sammlungen klassischer Literatur in deutscher Sprache zu werden. Nach und nach versammeln wir hier nicht nur die „üblichen Verdächtigen“ von Goethe bis Schiller, sondern auch Kleinode der vergangenen Jahrhunderte, die – zu Unrecht – drohen, in Vergessenheit zu geraten. Wir kultivieren und kuratieren damit einen der wertvollsten Bereiche der abendländischen Kultur. Kleine Auswahl:

Francis Bacon • Neues Organon • **Balzac** • Glanz und Elend der Kurtisanen • **Joachim H. Campe** • Robinson der Jüngere • **Dante Alighieri** • Die Göttliche Komödie • **Daniel Defoe** • Robinson Crusoe • **Charles Dickens** • Oliver Twist • **Denis Diderot** • Jacques der Fatalist • **Fjodor Dostojewski** • Schuld und Sühne • **Arthur Conan Doyle** • Der Hund von Baskerville • **Marie von Ebner-Eschenbach** • Das Gemeindekind • **Elisabeth von Österreich** • Das Poetische Tagebuch • **Friedrich Engels** • Die Lage der arbeitenden Klasse • **Ludwig Feuerbach** • Das Wesen des Christentums • **Johann G. Fichte** • Reden an die deutsche Nation • **Fitzgerald** • Zärtlich ist die Nacht • **Flaubert** • Madame Bovary • **Gorch Fock** • Seefahrt ist not! • **Theodor Fontane** • Effi Briest • **Robert Musil** • Über die Dummheit • **Edgar Wallace** • Der Frosch mit der Maske • **Jakob Wassermann** • Der Fall Maurizius • **Oscar Wilde** • Das Bildnis des Dorian Grey • **Émile Zola** • Germinal • **Stefan Zweig** • Schachnovelle • **Hugo von Hofmannsthal** • Der Tor und der Tod • **Anton Tschechow** • Ein Heiratsantrag • **Arthur Schnitzler** • Reigen • **Friedrich Schiller** • Kabale und Liebe • **Nicolo Machiavelli** • Der Fürst • **Gotthold E. Lessing** • Nathan der Weise • **Augustinus** • Die Bekenntnisse des heiligen Augustinus • **Marcus Aurelius** • Selbstbetrachtungen • **Charles Baudelaire** • Die Blumen des Bösen • **Harriett Stowe** • Onkel Toms Hütte • **Walter Benjamin** • Deutsche Menschen • **Hugo Bettauer** • Die Stadt ohne Juden • **Lewis Caroll** • *und viele mehr….*

Inhalt

Die Ausgelieferten 2

Die Hundeblume 2

Die Krähen fliegen abends nach Hause 21

Stimmen sind da in der Luft – in der Nacht 28

Gespräch über den Dächern 33

Unterwegs 46

Generation ohne Abschied 46

Eisenbahnen, nachmittags und nachts 49

Bleib doch, Giraffe 54

Vorbei vorbei 57

Die Stadt 60

Stadt, Stadt: Mutter zwischen Himmel und Erde 62

Hamburg 63

Billbrook 66

Die Elbe 90

Die Hundeblume

Erzählungen aus unseren Tagen

Wolfgang Borchert

Und wer fängt uns auf? Gott?

Die Ausgelieferten

Die Hundeblume

Die Tür ging hinter mir zu. Das hat man wohl öfter, daß eine Tür hinter einem zugemacht wird – auch daß sie abgeschlossen wird, kann man sich vorstellen. Haustüren zum Beispiel werden abgeschlossen, und man ist dann entweder drinnen oder draußen. Auch Haustüren haben etwas so Endgültiges, Abschließendes, Ausliefferndes. Und nun ist die Tür hinter mir zugeschoben, ja, geschoben, denn es ist eine unwahrscheinlich dicke Tür, die man nicht zuschlagen kann. Eine häßliche Tür mit der Nummer 432. Das ist das Besondere an dieser Tür, daß sie eine Nummer hat und mit

Eisenblech beschlagen ist – das macht sie so stolz und unnahbar; denn sie läßt sich auf nichts ein, und die inbrünstigen Gebete rühren sie nicht.

Und nun hat man mich mit dem Wesen allein gelassen, nein, nicht nur allein gelassen, zusammen eingesperrt hat man mich mit diesem Wesen, vor dem ich am meisten Angst habe: Mit mir selbst.

Weißt du, wie das ist, wenn du dir selbst überlassen wirst, wenn du mit dir allein gelassen bist, dir selbst ausgeliefert bist? Ich kann nicht sagen, daß es unbedingt furchtbar ist, aber es ist eines der tollsten Abenteuer, die wir auf dieser Welt haben können: Sich selbst zu begegnen. So begegnen wie hier in der Zelle 432: nackt, hilflos, konzentriert auf nichts als auf sich selbst, ohne Attribut und Ablenkung und ohne die Möglichkeit einer Tat. Und das ist das Entwürdigendste: Ganz ohne die Möglichkeit zu einer Tat zu sein. Keine Flasche zum Trinken oder zum Zerschmettern zu haben, kein Handtuch zum Aufhängen, kein Messer zum Ausbrechen oder zum Aderndurchschneiden, keine Feder zum Schreiben – nichts zu haben – als sich selbst.

Das ist verdammt wenig in einem leeren Raum mit vier nackten Wänden. Das ist weniger als die Spinne hat, die sich ein Gerüst aus dem Hintern drängt und ihr Leben daran riskieren kann, zwischen Absturz und Auffangen wagen kann. Welcher Faden fängt uns auf, wenn wir abstürzen?

Unsere eigene Kraft? Fängt ein Gott uns auf? Gott – ist das die Kraft, die einen Baum wachsen und einen Vogel fliegen läßt – ist

Gott das Leben? Dann fängt er uns wohl manchmal auf – wenn wir wollen.

Als die Sonne ihre Finger von dem Fenstergitter nahm und die Nacht aus den Ecken kroch, trat etwas aus dem Dunkel auf mich zu – und ich dachte, es wäre Gott. Hatte jemand die Tür geöffnet? War ich nicht mehr allein? Ich fühlte, es ist etwas da, und das atmet und wächst. Die Zelle wurde zu eng – ich fühlte, daß die Mauern weichen mußten vor diesem, das da war und das ich Gott nannte.

Du, Nummer 432, Menschlein – laß dich nicht besoffen machen von der Nacht! Deine Angst ist mit dir in der Zelle, sonst nichts! Die Angst und die Nacht. Aber die Angst ist ein Ungeheuer, und die Nacht kann furchtbar werden wie ein Gespenst, wenn wir mit ihr allein sind.

Da trudelte der Mond über die Dächer und leuchtete die Wände ab. Affe, du! Die Wände sind so eng wie je, und die Zelle ist leer wie eine Apfelsinenschale. Gott, den sie den Guten nennen, ist nicht da. Und was da war, das was sprach, war in dir. Vielleicht war es ein Gott aus dir – du warst es! Denn du bist auch Gott, alle, auch die Spinne und die Makrele sind Gott. Gott ist das Leben – das ist alles. Aber das ist so viel, daß er nicht mehr sein kann. Sonst ist nichts. Aber dieses Nichts überwältigt uns oft.

Die Zellentür war so zu wie eine Nuß – als ob sie nie offen war, und von der man wußte, daß sie von selbst nicht aufging – daß sie aufgebrochen werden mußte. So zu war die Tür. Und ich stürzte, mit mir allein gelassen, ins Bodenlose. Aber da schrie mich die Spinne an wie ein Feldwebel: Schwächling! Der Wind hatte ihre

Netze zerrissen, und sie drängte mit Ameiseneifer ein neues und fing mich, den Hundertdreiundzwanzigpfündigen, in ihren hauchfeinen Seilen. Ich bedankte mich bei ihr, aber davon nahm sie überhaupt keine Notiz.

So gewöhnte ich mich langsam an mich. Man mutet sich so leichtfertig andern Menschen zu, und dabei kann man sich kaum selbst ertragen. Ich fand mich aber allmählich doch ganz unterhaltsam und vergnüglich – ich machte Tag und Nacht die merkwürdigsten Entdeckungen an mir.

Aber ich verlor in der langen Zeit den Zusammenhang mit allem, mit dem Leben, mit der Welt. Die Tage tropften schnell und regelmäßig von mir ab. Ich fühlte, wie ich langsam leerlief von der wirklichen Welt und voll wurde von mir selbst. Ich fühlte, daß ich immer weiter wegging von dieser Welt, die ich eben erst betreten hatte.

Die Wände waren so kalt und tot, daß ich krank wurde vor Verzweiflung und Hoffnungslosigkeit. Man schreit wohl ein paar Tage seine Not raus – aber wenn nichts antwortet, ermüdet man bald. Man schlägt wohl ein paar Stunden an Wand und Tür – aber wenn sie sich nicht auftun, sind die Fäuste bald wund, und der kleine Schmerz ist dann die einzige Lust in dieser Öde.

Es gibt doch wohl nichts Endgültiges auf dieser Welt. Denn die eingebildete Tür hatte sich aufgetan und viele andere dazu, und jede schubste einen scheuen, schlechtrasierten Mann hinaus in eine lange Reihe und in einen Hof mit grünem Gras in der Mitte und grauen Mauern ringsum.

Da explodierte ein Bellen um uns und auf uns zu – ein heiseres Bellen von blauen Hunden mit Lederriemen um den Bauch. Die hielten uns in Bewegung und waren selbst dauernd in Bewegung und bellten uns voll Angst. Aber wenn man genug Angst in sich hatte und ruhiger wurde, erkannte man, daß es Menschen waren in blauen, blassen Uniformen.

Man lief im Kreise. Wenn das Auge das erste erschütternde Wiedersehen mit dem Himmel überwunden und sich wieder an die Sonne gewöhnt hatte, konnte man blinzelnd erkennen, daß viele so zusammenhanglos trotteten und tief atmeten wie man selbst – siebzig, achtzig Mann vielleicht.

Und immer im Kreis – im Rhythmus ihrer Holzpantoffeln, unbeholfen, eingeschüchtert und doch für eine halbe Stunde froher als sonst. Wenn die blauen Uniformen mit dem Bellen im Gesicht nicht gewesen wären, hätte man bis in die Ewigkeit so trotten können – ohne Vergangenheit, ohne Zukunft: Ganz genießende Gegenwart: Atmen, Sehen, Gehen!

So war es zuerst. Fast ein Fest, ein kleines Glück. Aber auf die Dauer – wenn man monatelang kampflos genießt – beginnt man abzuschweifen. Das kleine Glück genügt nicht mehr – man hat es satt, und die trüben Tropfen dieser Welt, der wir ausgeliefert sind, fallen in unser Glas. Und dann kommt der Tag, wo der Rundgang im Kreis eine Qual wird, wo man sich unter dem hohen Himmel verhöhnt fühlt und wo man Vordermann und Hintermann nicht mehr als Brüder und Mitleidende empfindet, sondern als wandernde Leichen, die nur dazu da sind, uns anzuekeln – und zwischen die man eingelattet ist als Latte ohne eigenes Gesicht in einem endlosen Lattenzaun, ach, und sie verursachen einem eher Übelkeit als sonstwas. Das kommt dann, wenn man monatelang kreist zwischen den grauen Mauern und von den blassen, blauen Uniformen mürbe gebellt ist.

Der Mann, der vor mir geht, war schon lange tot. Oder er war aus einem Panoptikum entsprungen, von einem komischen Dämon getrieben, zu tun, als sei er ein normaler Mensch – und dabei war er bestimmt längst tot. Ja! Nämlich seine Glatze, die von einem zerfransten Kranz schmutzig-grauer Haarbüschel umwildert ist, hat nicht diesen fettigen Glanz von lebendigen Glatzen, in denen sich Sonne und Regen noch trübe spiegeln können – nein, diese Glatze ist glanzlos, duff und matt wie aus Stoff. Wenn sich dieses Ganze da vor mir, das ich gar nicht Mensch nennen mag, dieser nachgemachte Mensch, nicht bewegen würde, könnte man diese Glatze für eine leblose Perücke halten. Und nicht mal die Perücke eines Gelehrten oder großen Säufers – nein, höchstens die eines Papierkrämers oder Zirkusclowns. Aber zäh ist sie, diese Perücke – sie kann schon aus Bosheit allein nicht abtreten, weil sie ahnt, daß ich, ihr Hintermann, sie hasse. Ja, ich hasse sie. Warum muß die Perücke – ich will nun man den ganzen Mann so nennen, das ist einfacher – warum muß sie vor mir hergehen und leben, während junge Spatzen, die noch nichts vom Fliegen gewußt haben, sich aus der Dachrinne zu Tode stürzen? Und ich hasse die Perücke, weil sie feige ist – und wie feige! Sie fühlt meinen Haß, während sie blöde vor mir hertrottet, immer im Kreis, im ganz kleinen Kreis zwischen grauen Mauern, die auch kein Herz für uns haben, denn sonst würden sie eines Nachts heimlich fortwandern und sich um den Palast stellen, in dem unsere Minister wohnen.

Ich denke schon eine ganze Zeit darüber nach, warum man die Perücke ins Gefängnis gesperrt hat – was für eine Tat kann sie begangen haben – sie, die zu feige ist, sich nach mir umzudrehen, während ich sie andauernd quäle. Denn ich quäle sie: Ich trete ihr fortwährend auf die Hacken – mit Absicht natürlich – und mache mit meinem Mund ein übles Geräusch, als spuckte ich viertelpfundweise Lungenhaschee gegen ihren Rücken. Sie zuckt jedesmal verwundet zusammen. Trotzdem wagt sie es nicht, sich ganz nach ihrem Quäler umzusehen – nein, sie ist zu feige dazu. Sie dreht sich nur um ein paar Grad mit steifem Genick in meine Richtung nach hinten, aber die halbe Drehung bis zum Treffen unserer Augenpaare wagt sie nicht.

Was mag sie ausgefressen haben? Vielleicht hat sie unterschlagen oder gestohlen? Oder hat sie in einem Sexualanfall öffentliches Ärgernis erregt? Ja, das vielleicht. Einmal war sie berauscht von einem buckligen Eros aus ihrer Feigheit rausgehüpft in eine blöde Geilheit – na, und nun trottete sie vor mir her, stillvergnügt und erschrocken, einmal etwas gewagt zu haben.

Aber ich glaube, jetzt zittert sie insgeheim, weil sie weiß, daß ich hinter ihr gehe, ich, ihr Mörder! Oh, es würde mir leicht sein, sie zu morden, und es könnte ganz unauffällig geschehen. Ich hätte ihr nur das Bein zu stellen brauchen, dann wäre sie mit ihren viel zu stakigen Stelzen vornübergestolpert und hätte sich dabei wahrscheinlich ein Loch in den Kopf gestoßen – und dann wäre ihr die Luft mit einem phlegmatischen pfff ... entwichen wie einem Fahrradschlauch. Ihr Kopf wäre in der Mitte auseinandergeplatzt wie weißlich-gelbes Wachs, und die wenigen Tropfen rote Tinte daraus hätten lächerlich verlogen gewirkt wie Himbeersaft auf der blauseidenen Bluse eines erdolchten Komödianten.

So haßte ich die Perücke, einen Kerl, dessen Visage ich nie gesehen hatte, dessen Stimme ich nie gehört hatte, von dem ich nur einen muffigen, mottenpulverigen Geruch kannte. Sicher hatte er – die Perücke – eine milde, müde Stimme ohne jede Leidenschaft, so kraftlos wie seine milchigen Finger. Sicher hatte er die vorstehenden Augen eines Kalbes und eine dicke, hängende Unterlippe, die dauernd Pralinen essen möchte. Es war die Maske eines Lebemannes, ohne Größe und mit dem Mut eines Papierhändlers, dessen Hebammenhände oftmals den ganzen Tag nichts getan hatten, als siebzehn Pfennige für ein Schreibheft vom Ladentisch zu streicheln.

Nein, kein Wort mehr über die Perücke! Ich hasse sie wirklich so sehr, daß ich mich leicht in einen Wutausbruch hineinsteigern könnte, bei dem ich mich zu sehr entblößen würde. Genug. Schluß. Ich will nie wieder von ihr reden, nie! –

Aber wenn einer, den du gerne verschweigen möchtest, ständig mit eingeknickten Knien in der Melodie eines Melodramas vor dir hergeht, dann wirst du ihn nicht los. Wie ein Juckreiz im Rücken, wo du mit den Händen nicht ankommst, reizt er dich immer wieder, an ihn zu denken, ihn zu empfinden, ihn zu hassen.

Ich glaube, ich muß die Perücke doch ermorden. Aber ich habe Angst, der Tote würde mir einen greulichen Streich spielen. Ei würde sich plötzlich mit ordinärem Lachen daran erinnern, daß er früher ja Zirkusclown war und sich aus seinem Blut hochwälzen. Vielleicht etwas verlegen, als hätte er das Blut nicht halten können wie andere Leute das Wasser. Kopfüber würde er durch die Gefängnismanege hampeln, hielte womöglich die Wärter für bockende Esel, die er bis zum Wahnsinn reizen würde, um dann mit gemachter Angst auf die Mauer zu springen. Von dort aus würde er dann seine Zunge wie einen Scheuerlappen gegen uns lüpfen und auf immer verschwinden. Es ist nicht auszudenken, was alles geschehen würde, wenn sich plötzlich jeder auf das besinnen würde, was er eigentlich ist.

Denke nicht, daß mein Haß auf meinen Vordermann, auf die Perücke, hohl und grundlos ist – oh, man kann in Situationen kommen, wo man so von Haß überläuft und über die eigenen Grenzen hinweggeschwemmt wird, daß man nachher kaum zu sich selbst zurückfindet – so hat einen der Haß verwüstet.

Ich weiß, es ist schwer, mir zuzuhören und mit mir zu fühlen. Du sollst auch nicht zuhören, als wenn einer dir etwas von Gottfried Keller oder Dickens vorliest. Du sollst mit mir gehen, mitgehen in dem kleinen Kreis zwischen den unerbittlichen Mauern. Nicht in Gedanken neben mir – nein, körperlich hinter mir als mein Hintermann. Und dann wirst du sehen, wie schnell du mich hassen lernst. Denn wenn du mit uns (ich sage jetzt „uns“, weil wir dieses eine alle gemeinsam haben) in unserm lendenlahmen Kreise wankst, dann bist du so leer von Liebe, daß der Haß wie Sekt in dir aufschäumt. Du läßt ihn auch schäumen, nur um diese entsetzliche Leere nicht mehr zu fühlen. Und glaube nur nicht, daß du mit leerem Magen und leerem Herzen zu besonderen Taten der Nächstenliebe aufgelegt sein wirst!

So wirst du also als ein von allem Guten Geleerter hinter mir herdammeln und monatelang nur auf mich angewiesen sein, auf meinen schmalen Rücken, den viel zu weichen Nacken und die leere Hose, in die der Anatomie nach eigentlich etwas mehr hineingehört. Am meisten wirst du aber auf meine Beine sehen müssen. Alle Hintermänner sehen auf die Beine ihres Vordermannes, und der Rhythmus seines Schrittes wird ihnen aufgezwungen und übernommen, auch wenn er ihnen fremd und unbequem ist. Ja, und da wird der Haß dich anfallen wie ein eifersüchtiges Weib, wenn du merkst, daß ich keinen Gang habe. Nein, ich habe keinen Gang. Es gibt tatsächlich Menschen, die keinen Gang haben – sie haben mehrere Stilarten, die sich nicht miteinander vereinen können zu einer Melodie. Ich bin so einer. Du wirst mich deswegen hassen, ebenso sinnlos und begründet, wie ich die Perücke hassen muß, weil ich ihr Hintermann bin. Wenn du dich gerade auf meinen etwas unsicheren, verspielten Schritt eingestellt hast, stellst du stockend fest, daß ich plötzlich ganz reell und energisch auftrete. Und kaum hast du diesen neuen Typ meines Gehens registriert, da fange ich einige Schritte weiter an, zerfahren und mutlos zu bummeln. Nein, du wirst keine Freude und Freundschaft über mich empfinden können. Du mußt mich hassen. Alle Hintermänner hassen ihre Vordermänner.

Vielleicht würde alles anders werden, wenn sich die Vordermänner mal nach ihren Hintermännern umsehen würden, um sich mit ihnen zu verständigen. So ist aber jeder Hintermann – er sieht nur seinen Vordermann und haßt ihn. Aber seinen Hintermann verleugnet er – da fühlt er sich Vordermann. So ist das in unserm Kreis hinter den grauen Mauern – so ist es aber wohl anderswo auch, überall vielleicht.

Ich hätte die Perücke doch umbringen sollen. Einmal heizte sie mir so ein, daß mein Blut an zu kochen fing. Das war, als ich die Entdeckung machte. Keine große Sache. Nur eine ganz kleine Entdeckung.

Habe ich schon gesagt, daß wir jeden Morgen eine halbe Stunde lang einen kleinen schmutzig-grünen Fleck Rasen umkreisen? In der Mitte der Manege von diesem seltsamen Zirkus war eine blasse Versammlung von Grashalmen, blaß und der einzelne Halm ohne Gesicht. Wie wir in diesem unerträglichen Lattenzaun. Auf der Suche nach Lebendigem, Buntem, lief mein Auge ohne große Hoffnung eigentlich und zufällig über die paar Hälmchen hin, die sich, als sie sich angesehen fühlten, unwillkürlich zusammennahmen und mir zunickten – und da entdeckte ich unter ihnen einen unscheinbaren gelben Punkt, eine Miniaturgeisha auf einer großen Wiese. Ich war so erschrocken über meine Entdeckung, daß ich glaubte, alle müßten es gesehen haben, daß meine Augen wie festgebackt auf das gelbe Etwas starrten, und ich sah schnell und sehr interessiert auf die Pantoffeln meines Vordermannes. Aber so wie du einem, mit dem du sprichst, immer auf den Fleck, den er an der Nase hat, stieren mußt und ihn ganz unruhig machst – so sehnten meine Augen sich nach dem gelben Punkt. Als ich jetzt dichter an ihm vorbeikam, tat ich so unbefangen wie möglich. Ich erkannte eine Blume, eine gelbe Blume. Es war ein Löwenzahn – eine kleine gelbe Hundeblume.

Sie stand ungefähr einen halben Meter links von unserm Weg, von dem Kreis, auf dem wir jeden Morgen eine Huldigung an die frische Luft darbrachten. Ich stand förmlich Angst aus und bildete mir ein, einer der Blauen folge schon mit Stielaugen der Richtung meines Blickes. Aber so sehr unsere Wachthunde gewohnt waren, auf jede individuelle Regung des Lattenzaunes mit wütendem Bellen zu reagieren – niemand hatte an meiner Entdeckung teilgenommen. Die kleine Hundeblume war noch ganz mein Eigentum.

Aber richtig freuen konnte ich mich nur wenige Tage an ihr. Sie sollte mir ganz gehören. Immer wenn unser Rundgang zu Ende ging, mußte ich mich gewaltsam von ihr losreißen, und ich hätte meine tägliche Brotration (und das will was sagen!) dafür gegeben, sie zu besitzen. Die Sehnsucht, etwas Lebendiges in der Zelle zu haben, wurde so mächtig in mir, daß die Blume, die schüchterne kleine Hundeblume, für mich bald den Wert eines Menschen, einer heimlichen Geliebten bekam: Ich konnte nicht mehr ohne sie leben – da oben zwischen den toten Wänden!

Und dann kam die Sache mit der Perücke. Ich fing es sehr schlau an. Jedesmal, wenn ich an meiner Blume vorbeikam, trat ich so unauffällig wie möglich einen Fuß breit vom Wege auf den Grasfleck. Wir haben alle einen tüchtigen Teil Herdentrieb in uns, und darauf spekulierte ich. Ich hatte mich nicht getäuscht. Mein Hintermann, sein Hintermann, dessen Hintermann – und so weiter – alle latschten stur und folgsam in meiner Spur. So gelang es mir in vier Tagen, unsern Weg so nahe an meine Hundeblume heranzubringen, daß ich sie mit der Hand hätte erreichen können, wenn ich mich gebückt hätte. Zwar starben einige zwanzig der blassen Grashalme durch mein Unternehmen einen staubigen Tod unter unsern Holzpantinen – aber wer denkt an ein paar zertretene Grashalme, wenn er eine Blume pflücken will!

Ich näherte mich der Erfüllung meines Wunsches. Zur Probe ließ ich einige Male meinen linken Strumpf runterrutschen, bückte mich ärgerlich und harmlos und zog ihn wieder hoch. Niemand fand etwas dabei. Also, morgen denn!

Ihr müßt mich nicht auslachen, wenn ich sage, daß ich am nächsten Tag mit Herzklopfen den Hof betrat und feuchte, erregte Hände hatte. Es war auch zu unwahrscheinlich, die Aussicht, nach monatelanger Einsamkeit und Liebelosigkeit unerwartet eine Geliebte in der Zelle zu haben.

Wir hatten unsere tägliche Ration Runden mit monotonem Pantoffelgeklöppel fast beendet – bei der vorletzten Runde sollte es geschehen. Da trat die Perücke in Aktion, und zwar auf die abgefeimteste und niederträchtigste Weise.

Wir waren eben in die vorletzte Runde eingebogen, die Blauen rasselten wichtig mit den Riesenschlüsselbunden, und ich näherte mich dem Tatort, von wo meine Blume mir ängstlich entgegensah.

Vielleicht war ich nie so erregt wie in diesen Sekunden. Noch zwanzig Schritte. Noch fünfzehn Schritte, noch zehn, fünf …

Da geschah das Ungeheure! Die Perücke warf plötzlich, als begänne sie eine Tarantella, die dünnen Arme in die Luft, hob das rechte Bein graziös bis an den Nabel und machte auf dem linken Fuß eine Drehung nach hinten. Nie werde ich begreifen, wo sie den Mut hernahm – sie blitzte mich triumphierend an, als wüßte sie alles, verdrehte die Kalbsaugen, bis das Weiße zu schillern anfing, und klappte dann wie eine Marionette zusammen. Oh, nun war es gewiß: er mußte früher Zirkusclown gewesen sein, denn alles brüllte vor Lachen!

Aber da bellten die blauen Uniformen los, und das Lachen war weggewischt, als ob es nie gewesen war. Und einer trat gegen den Liegenden und sagte so selbstverständlich, wie man sagt: es regnet – so sagte er: Er ist tot!

Ich muß noch etwas gestehen – aus Ehrlichkeit gegen mich selbst. In dem Augenblick, als ich mit dem Mann, den ich die Perücke nannte, Auge in Auge war und fühlte, daß er unterlag, nicht mir, nein, dem Leben unterlag – in dieser Sekunde verlief mein Haß wie eine Welle am Strand, und es blieb nichts als ein Gefühl der Leere. Eine Latte war aus dem Zaun gebrochen – der Tod war haarscharf an mir vorbeigepfiffen –, da bemüht man sich schnell, gut zu sein. Und ich gönne der Perücke noch nachträglich den vermeintlichen Sieg über mich.

Am nächsten Morgen hatte ich einen anderen Vordermann, der mich die Perücke sofort vergessen machte. Er sah verlogen aus wie ein Theologe, aber ich glaube, er war eigens aus der Hölle beurlaubt, mir das Pflücken meiner Blume völlig unmöglich zu machen.

Er hatte eine impertinente Art aufzufallen. Alles feixte über ihn. Sogar die blaßblauen Hunde konnten ein menschliches Grinsen nicht unterdrücken, was sich ungeheuer merkwürdig ausmachte. Jeder Zoll ein Staatsbeamter – aber die primitive Würde der stumpfen Berufssoldatengesichter war zu einer Grimasse verzerrt. Sie wollten nicht lachen, bei Gott, nein! Aber sie mußten. Kennst du das Gefühl, das gönnerhafte, wenn du mit jemandem böse bist und ihr seid beide Masken der Unversöhnlichkeit, und nun geschieht irgend etwas Komisches, das euch beide zum Lachen zwingt – ihr wollt nicht lachen, bei Gott, nein! Dann zieht sich das Gesicht aber doch in die Breite und nimmt jenen bekannten Ausdruck an, den man am treffendsten mit „Saures Grinsen“ benennen könnte. So erging es nun den Blauen, und das war die einzige menschliche Regung, die wir überhaupt an ihnen bemerkten. Ja, dieser Theologe, das war eine Motte! Er war gerissen genug, verrückt zu sein – aber er war nicht so verrückt, daß seine Gerissenheit darunter litt.

Wir waren siebenundsiebzig Mann in der Manege, und eine Meute von zwölf uniformierten Revolverträgem umkläffte uns. Einige mochten zwanzig und mehr Jahre diesen Kläfferdienst ausüben, denn ihre Münder waren im Laufe der Jahre bei vielen tausend Patienten eher schnauzenähnlich geworden. Aber diese Angleichung an das Tierreich hatte nichts von ihrer Einbildung genommen. Man hätte jeden einzelnen von ihnen so wie er war als Standbild benutzen können mit der Aufschrift: L'Etat c'est moi.

Der Theologe (später erfuhr ich, daß er eigentlich Schlosser war und bei Arbeiten an einer Kirche verunglückte – Gott nahm sich seiner an!) war so verrückt oder gerissen, daß er ihre Würde vollkommen respektierte. Was sag ich – respektierte? Er pustete die Würde der blauen Uniformen auf zu einem Luftballon von ungeahnten Dimensionen, von denen die Träger selbst keine Ahnung hatten. Wenn sie auch über seine Blödheit lachen mußten, ganz heimlich blähte doch ein gewisser Stolz ihre Bäuche, daß sich die Lederkoppel spannten.

Immer wenn der Theologe einen der Wachthunde passierte, die breitbeinig stehend ihre Macht zum Ausdruck brachten und, sooft es ging, bissig auf uns losfuhren – jedesmal machte er eine durchaus ehrlich wirkende Verbeugung und sagte so innig-höflich und gut gemeint: Gesegnetes Fest, Herr Wachtmeister! – daß kein Gott ihm hätte zürnen können – viel weniger die eitlen Luftballons in Uniform. Und dabei legte er seine Verbeugung so bescheiden an, daß es immer aussah, als wiche er einer Ohrfeige aus.

Und nun hatte der Teufel diesen Komiker-Theologen zu meinem Vordermann gemacht, und seine Verrücktheit strahlte so stark aus und nahm mich in Anspruch, daß ich meine neue kleine Geliebte, meine Hundeblume, beinahe vergaß. Ich konnte ihr kaum einen zärtlichen Blick zuwerfen, denn ich mußte einen irrsinnigen Kampf mit meinen Nerven austragen, der mir den Angstschweiß aus allen Löchern jagte. Jedesmal, wenn der Theologe seine Verbeugung machte und sein „Gesegnetes Fest, Herr Wachtmeister“ wie Honig von der Zunge tropfen ließ – jedesmal mußte ich alle Muskeln anspannen, es ihm nicht nachzutun. Die Versuchung war so stark, daß ich mehrere Male den Staatsdenkmälern schon freundlich zunickte und es erst in der letzten Sekunde fertigbrachte, keine Verbeugung zu machen und stumm zu bleiben.

Wir kreisten täglich etwa eine halbe Stunde im Hof, das waren täglich zwanzig Runden, und zwölf Uniformen umstanden unsern Kreis. Der Theologe machte also auf jeden Fall zweihundertundvierzig Verbeugungen pro Tag, und zweihundertundvierzigmal mußte ich alle Konzentration aufbieten, nicht verrückt zu werden. Ich wußte, wenn ich das drei Tage gemacht hätte, würde ich mildernde Umstände bekommen – dem war ich nicht gewachsen. Ich kam völlig erschöpft in meine Zelle zurück. Die ganze Nacht aber ging ich im Traum eine unendliche Reihe blauer Uniformen entlang, die alle wie Bismarck aussahen – die ganze Nacht bot ich diesen Millionen blaßblauer Bismarcks mit tiefem Bückling ein „Gesegnetes Fest, Herr Wachtmeister!"

Am nächsten Tag wußte ich es so einzurichten, daß die Reihe an mir vorbeiging und ich einen andern Vordermann bekam. Ich verlor meinen Pantoffel, fischte ihn ganz umständlich und humpelte in den Lattenzaun zurück. Gott sei Dank! Vor mir ging die Sonne auf. Vielmehr – sie verdunkelte sich. Mein neuer Vordermann war so unverschämt lang, daß meine 1,80 m glatt in seinem Schatten verschwanden. Es gab also doch eine Vorsehung – man mußte ihr nur mit dem Pantoffel nachhelfen. Seine unmenschlich langen Gliedmaßen ruderten sinnlos durcheinander, und das Originelle war, er kam dabei sogar vorwärts, obgleich er sicher keinerlei

Übersicht über Beine und Arme hatte. Ich liebte ihn beinahe – ja, ich betete, er möchte nicht plötzlich tot umsinken wie die Perücke oder verrückt werden und anfangen, feige Verbeugungen zu machen. Ich betete für sein langes Leben und seine geistige Gesundheit. Ich fühlte mich in seinem Schatten so geborgen, daß meine Blicke länger als sonst die kleine Hundeblume umfingen, ohne daß ich Angst zu haben brauchte, mich zu verraten. Ich verzieh diesem himmlischen Vordermann sogar sein abscheulich näselndes Organ, oh, ich verkniff mir großzügig, ihm allerlei Spitznamen wie Oboe, Krake oder Gottesanbeterin zu verleihen. Ich sah nur noch meine Blume – und ließ meinen Vordermann so lang und so blöde sein, wie er es wollte! Der Tag war wie alle anderen. Er unterschied sich nur dadurch von ihnen, daß der Häftling aus Zelle 432 zum Ende der halben Stunde einen rasenden Pulsschlag bekam und seine Augen den Ausdruck von kaschierter Harmlosigkeit und schlecht verdeckter Unsicherheit annahmen.

Wir bogen in die vorletzte Runde ein – wieder wurden die Schlüsselbunde lebendig, und der Lattenzaun döste durch die sparsamen Sonnenstrahlen wie hinter ewigen Gittern.

Aber was war das? Eine Latte döste ja gar nicht! Sie war hellwach und wechselte vor Aufregung alle paar Meter die Gangart. Merkte das denn kein Mensch? Nein. Und plötzlich bückte sich die Latte 432, fummelte an ihrem runtergerutschten Strumpf herum und – fuhr dazwischen blitzschnell mit der einen Hand auf eine erschrockene kleine Blume zu, riß sie ab – und schon klöppelten wieder siebenundsiebzig Latten in gewohntem Schlendrian in die letzte Runde.

Was ist so komisch: Ein blasierter, reuiger Jüngling aus dem Zeitalter der Grammophonplatten und Raumforschung steht in der Gefängniszelle 432 unter dem hochgemauerten Fenster und hält mit seinen vereinsamten Händen eine kleine gelbe Blume in den schmalen Lichtstrahl – eine ganz gewöhnliche Hundeblume. Und dann hebt dieser Mensch, der gewohnt war, Pulver, Parfüm und Benzin, Gin und Lippenstift zu riechen, die Hundeblume an seine hungrige Nase, die schon monatelang nur das Holz der Pritsche, Staub und Angstschweiß gerochen hat – und er saugt so gierig aus der kleinen gelben Scheibe ihr Wesen in sich hinein, daß er nur noch aus Nase besteht.

Da öffnet sich in ihm etwas und ergießt sich wie Licht in den engen Raum, etwas, von dem er bisher nie gewußt hat: Eine Zärtlichkeit, eine Anlehnung und Wärme ohnegleichen erfüllt ihn zu der Blume und füllt ihn ganz aus.

Er ertrug den Raum nicht mehr und schloß die Augen und staunte: Aber du riechst ja nach Erde. Nach Sonne, Meer und Honig, liebes Lebendiges! Er empfand ihre keusche Kühle wie die Stimme des Vaters, den er nie sonderlich beachtet hatte und der nun soviel Trost war mit seiner Stille – er empfand sie wie die helle Schulter einer dunklen Frau.

Er trug sie behutsam wie eine Geliebte zu seinem Wasserbecher, stellte das erschöpfte kleine Wesen da hinein, und dann brauchte er mehrere Minuten – so langsam setzte er sich, Angesicht in Angesicht mit seiner Blume.

Er war so gelöst und glücklich, daß er alles abtat und abstreifte, was ihn belastete: die Gefangenschaft, das Alleinsein, den Hunger nach Liebe, die Hilflosigkeit seiner zweiundzwanzig Jahre, die Gegenwart und die Zukunft, die Welt und das Christentum – ja, auch das!

Er war ein brauner Balinese, ein „Wilder“ eines „wilden“ Volkes, der das Meer und den Blitz und den Baum fürchtete und anbetete. Der Kokosnuß, Kabeljau und Kolibri verehrte, bestaunte, fraß und nicht begriff. So befreit war er, und nie war er so bereit zum Guten gewesen, als er der Blume zuflüsterte ... werden wie du ...

Die ganze Nacht umspannten seine glücklichen Hände das vertraute Blech seines Trinkbechers, und er fühlte im Schlaf, wie sie Erde auf ihn häuften, dunkle, gute Erde, und wie er sich der Erde angewöhnte und wurde wie sie – und wie aus ihm Blumen brachen: Anemonen, Akelei und Löwenzahn – winzige, unscheinbare Sonnen.

Die Krähen fliegen abends nach Hause

Sie hocken auf dem steinkalten Brückengeländer und am violettstinkenden Kanal entlang auf dem frostharten Metallgitter. Sie hocken auf ausgeleierten muldigen Kellertreppen. Am Straßenrand bei Stanniolpapier und Herbstlaub und auf den sündigen Bänken der Parks. Sie hocken an türlose Häuserwände gelehnt, hingeschrägt, und auf den fernwehvollen Mauern und Molen des Kais.

Sie hocken im Verlorenen, krähengesichtig, grauschwarz übertrauert und heisergekrächzt. Sie hocken und alle Verlassenheiten hängen an ihnen herunter wie lahmes loses zerzaustes Gefieder. Herzverlassenheiten, Mädchenverlassenheiten, Sternverlassenheiten.

Sie hocken im Gedämmer und Gediese der Häuserschatten, torwegsscheu, teerdunkel und pflastermüde. Sie hocken dünnsohlig und graubestaubt im Frühdunst des Weltnachmittags, verspätet, ins Einerlei verträumt. Sie hocken über dem Bodenlosen, abgrundverstrickt und schlafschwankend vor Hunger und Heimweh. Krähengesichtig (wie auch anders?) hocken sie, hocken, hocken und hocken. Wer? Die Krähen? Vielleicht auch die Krähen. Aber die Menschen vor allem, die Menschen.

Rotblond macht die Sonne um sechs Uhr das Großstadtgewölke aus Qualm und Gerauch. Und die Häuser werden samtblau und weichkantig im milden Vorabendgeleuchte.

Aber die Krähengesichtigen hocken weißhäutig und blaßgefroren in ihren Ausweglosigkeiten, in ihren unentrinnbaren Menschlichkeiten, tief in die buntflickigen Jacken verkrochen.

Einer hockte noch von gestern her am Kai, roch sich voll Hafengeruch und kugelte zerbröckeltes Gemäuer ins Wasser. Seine Augenbrauen hingen mutlos aber mit unbegreiflichem Humor wie Sofafransen auf der Stirn. Und dann kam ein Junger dazu, die Arme ellbogentief in den Hosen, den Jackenkragen hochgeklappt um den mageren Hals. Der Ältere sah nicht auf, er sah neben sich die trostlosen Schnauzen von einem Paar Halbschuhen und vom Wasser hoch zitterte ein wellenverschaukeltes Zerrbild von einer traurigen Männergestalt ihn an. Da wußte er, daß Timm wieder da war.

Na, Timm, sagte er, da bist du ja wieder. Schon vorbei?

Timm sagte nichts. Er hockte sich neben den andern auf die Kaimauer und hielt die langen Hände um den Hals. Ihn fror.

Ihr Bett war wohl nicht breit genug, wie? fing der andere sachte wieder an nach vielen Minuten.

Bett! Bett! sagte Timm wütend, ich liebe sie doch.

Natürlich liebst du sie. Aber heute abend hat sie dich wieder vor die Tür gestellt. War also nichts mit dem Nachtquartier. Du bist sicher nicht sauber genug, Timm. So ein Nachtbesuch muß sauber sein. Mit Liebe allein geht das nicht immer. Na ja, du bist ja sowieso kein Bett mehr gewöhnt. Dann bleib man lieber hier. Oder liebst du sie noch, was?

Timm rieb seine langen Hände am Hals und rutschte tief in seinen Jackenkragen. Geld will sie, sagte er viel später, oder Seidenstrümpfe. Dann hätte ich bleiben können.

Oh, du liebst sie also noch, sagte der Alte, je, aber wenn man kein Geld hat!

Timm sagte nicht, daß er sie noch liebe, aber nach einer Weile meinte er etwas leiser: Ich hab ihr den Schal gegeben, den roten, weißt du. Ich hatte ja nichts anderes. Aber nach einer Stunde hatte sie plötzlich keine Zeit mehr.

Den roten Schal? fragte der andere. Oh, er liebt sie, dachte er für sich, wie liebt er sie! Und er wiederholte noch einmal: Oha, deinen schönen roten Schal! Und jetzt bist du doch wieder hier und nachher wird es Nacht.

Ja, sagte Timm, Nacht wird es wieder. Und mir ist elend kalt am Hals, wo ich den Schal nicht mehr hab. Elend kalt, kann ich dir sagen.

Dann sahen sie beide vor sich aufs Wasser und ihre Beine hingen betrübt an der Kaimauer. Eine Barkasse schrie weißdampfend vorbei und die Wellen kamen dick und schwatzhaft hinterher. Dann war es wieder still, nur die Stadt brauste eintönig zwischen Himmel und Erde und krähengesichtig, blauschwarz übertrauert, hockten die beiden Männer im Nachmittag. Als nach einer Stunde ein Stück rotes Papier mit den Wellen vorüber schaukelte, ein lustiges rotes Papier auf den bleigrauen Wellen, da sagte Timm zu dem andern: Aber ich hatte ja nichts anderes. Nur den Schal.

Und der andere antwortete: Und der war so schön rot, du, weißt du noch, Timm? Junge, war der rot.

Ja, ja, brummte Timm verzagt, das war er. Und jetzt friert mich ganz elend am Hals, mein Lieber.

Wieso, dachte der andere, er liebt sie doch und war eine ganze Stunde bei ihr. Jetzt will er nicht mal dafür frieren. Dann sagte er gähnend: Und das Nachtquartier ist auch Essig.

Lilo heißt sie, sagte Timm, und sie trägt gerne seidene Strümpfe. Aber die hab ich ja nicht.

Lilo? staunte der andere, schwindel doch nicht, sie heißt doch nicht Lilo, Mensch.

Natürlich heißt sie Lilo, antwortete Timm aufgebracht. Meinst du, ich kann keine kennen, die Lilo heißt? Ich liebe sie sogar, sag ich dir.

Timm rutschte wütend von seinem Freund ab und zog die Knie ans Kinn. Und seine langen Hände hielt er um den mageren Hals. Ein Gespinst von früher Dunkelheit legte sich über den Tag und die letzten Sonnenstrahlen standen wie ein Gitter verloren am Himmel. Einsam hockten die Männer über den Ungewißheiten der kommenden Nacht und die Stadt summte groß und voller Verführung. Die Stadt wollte Geld oder seidene Strümpfe. Und die Betten wollten sauberen Besuch in der Nacht.

Du, Timm, fing der andere an und verstummte wieder.

Was ist denn, fragte Timm.

Heißt sie wirklich Lilo, du?

Natürlich heißt sie Lilo, schrie Timm seinen Freund an, Lilo heißt sie, und wenn ich mal was hab, soll ich wiederkommen, hat sie gesagt, mein Lieber.

Du, Timm, brachte der Freund dann nach einer Weile zustande, wenn sie wirklich Lilo heißt, dann mußtest du ihr den roten Schal auch geben. Wenn sie Lilo heißt, finde ich, dann darf sie auch den roten Schal haben. Auch wenn es mit dem Nachtquartier Essig ist. Nein, Timm, den Schal laß man, wenn sie wirklich Lilo heißt.

Die beiden Männer sahen über das dunstige Wasser weg der aufsteigenden Dämmerung entgegen, furchtlos, aber ohne Mut, abgefunden. Abgefunden mit Kaimauern und Torwegen, abgefunden mit Heimatlosigkeiten, mit dünnen Sohlen und leeren Taschen abgefunden. Ans Einerlei vertrödelt ohne Ausweg.

Überraschend am Horizont hochgeworfen, von irgendwo hergeweht, kamen Krähen angetaumelt, Gesang und das dunkle Gefieder voll Nachtahnung, torkelten sie wie Tintenkleckse über das keusche Seidenpapier des Abendhimmels, müdegelebt, heisergekrächzt, und dann unerwartet etwas weiter ab schon von der Dämmerung verschluckt.

Sie sahen den Krähen nach, Timm und der andere, krähengesichtig, blauschwarz übertrauert. Und das Wasser roch satt und gewaltig. Die Stadt, aus Würfeln wild aufgetürmt, fensteräugig, fing mit tausend Lampen an zu blinken. Den Krähen sahen sie nach, den Krähen, die lange verschluckt schon, sahen ihnen nach mit armen alten Gesichtern, und Timm, der Lilo liebte, Timm, der zwanzig Jahre war, der sagte: Die Krähen, du, die haben es gut.

Der andere sah vom Himmel weg mitten in Timms weites Gesicht, das blaßgefroren im Halbdunkel schwamm. Und Timms dünne Lippen waren traurige Striche in dem weiten Gesicht, einsame Striche, zwanzigjährig, hungrig und dünn von vielen verfrühten Bitterkeiten.

Die Krähen, sagte Timms weites Gesicht leise, dieses Gesicht, das aus zwanzig helldunklen Jahren gemacht war, die Krähen sagte

Timms Gesicht, die haben es gut Die fliegen abends nach Hause. Einfach nach Hause.

Die beiden Männer hockten verloren in der Welt, angesichts der neuen Nacht klein und verzagt, aber furchtlos mit ihrer furchtbaren Schwärze vertraut. Die Stadt glimmte durch weiche warme Gardinen millionenäugig schläfrig auf die lärmleeren Nachtstraßen mit dem verlassenen Pflaster. Da hockten sie, hart ans Bodenlose hingelehnt wie müdmorsche Pfähle, und Timm, der Zwanzigjährige, hatte gesagt: Die Krähen haben es gut. Die Krähen fliegen abends nach Hause. Und der andere plapperte blöde vor sich hin: Die Krähen, Timm, Mensch, Timm, die Krähen.

Da hockten sie. Hingelümmelt vom lockenden lausigen Leben. Auf Kai und Kantstein gelümmelt. Auf Mole und muldiges Kellergetrepp. Auf Pier und Ponton. Zwischen Herbstlaub und Stanniolpapier vom Leben auf staubgraue Straßen gelümmelt. Krähen? Nein, Menschen! Hörst du? Menschen! Und einer davon hieß Timm und der hatte Lilo liebgehabt für einen roten Schal. Und nun, nun kann er sie nicht mehr vergessen. Und die Krähen, die Krähen krächzen nach Hause. Und ihr Gekrächz stand trostlos im Abend.

Aber dann stotterte eine Barkasse schaummäulig vorbei und ihr gesprühtes Rotlicht verkrümelte sich zitternd in der Hafendiesigkeit. Und das Gediese wurde rot für Sekunden. Rot wie mein Schal, dachte Timm. Unendlich weit ab vertuckerte die Barkasse. Und Timm sagte leise: Lilo. Immerzu: Lilo Lilo Lilo Lilo Lilo...

Stimmen sind da in der Luft – in der Nacht

Die Straßenbahn fuhr durch den nebelnassen Nachmittag. Der war grau und die Bahn war gelb und verloren darin. Denn es war November und die Straßen waren leer und lärmlos und ohne Lust. Nur das Gelb der Straßenbahn schwamm einsam im nebeligen Nachmittag.

In der Bahn aber saßen sie, warm, atmend, erregt. Fünf oder sechs saßen da, Menschen, verloren, einsam im Novembernachmittag. Aber dem Nebel entronnen. Saßen unter tröstlichen trüben Lämpchen, ganz vereinzelt saßen sie, dem nassen Nebel entronnen. Leer war es in der Bahn. Nur fünf waren da, ganz vereinzelt, und atmeten. Und der Schaffner war der sechste an diesem späten einsamen Nebelnachmittag, war da mit seinen milden Messingknöpfen und malte große schiefe Gesichter an die feuchten behauchten Scheiben. Die Straßenbahn stieß und stolperte gelb durch den November.

Drinnen saßen die fünf Entronnenen und der Schaffner stand da und der ältere Herr mit den vielfältigen Tränensäcken unter den Augen fing wieder an – halblaut fing er wieder davon an: „In der Luft sind sie. In der Nacht. Oh, sie sind in der Nacht. Darum schläft man nicht. Nur darum. Das sind einzig und allein die Stimmen, glauben Sie mir, das sind nur die Stimmen.“

Der ältere Herr beugte sich weit vor. Seine Tränensäcke schlotterten leise und sein seltsam heller Zeigefinger piekste der alten Frau, die ihm gegenübersaß, auf die flache Brust. Sie zog geräuschvoll die Luft durch die Nase und starrte erregt auf den hellen Zeigefinger. Immer wieder zog sie laut die Luft hoch. Sie mußte das, denn sie hatte einen schönen abgrundtiefen Novemberschnupfen, der ihr tief bis in die Lunge zu reichen schien. Aber trotzdem machte sie der Finger erregt. Die beiden Mädchen in der anderen Ecke kicherten. Aber sie sahen sich nicht an, als von den nächtlichen Stimmen die Rede war. Sie wußten es längst, daß es nachts Stimmen gab. Gerade sie wußten es vor allen. Aber sie kicherten, weil sie sich voreinander schämten. Und der Schaffner malte große schiefe Gesichter auf das nebelbeschlagene Fensterglas. Und dann saß da ein junger Mann, der hatte die Augen zu und war blaß. Sehr blaß saß er da unter dem trüben Lämpchen. Er hatte die Augen zu, als ob er schliefe. Und die Straßenbahn stieß schwimmend gelb durch den einsamen Nebelnachmittag. Der Schaffner malte ein schiefes Gesicht an die Scheibe und sagte zu dem älteren Herrn mit den leise schlotternden Tränensäcken:

„Ja, das ist klar: Stimmen sind da. Allerhand Stimmen gibt es. Und nachts natürlich besonders."

Die beiden Mädchen schämten sich heimlich und machten ein kribbeliges Gekicher und die eine dachte: Nachts, nachts besonders.

Der mit den schlotternden Tränensäcken nahm seinen hellen Finger von der Brust der verschnupften alten Frau und piekste nun damit auf den Schaffner los:

„Hören Sie", flüsterte er, „was ich sage, was ich sage! Stimmen sind da. In der Luft. In der Nacht. Und, meine Herrschaften –" er nahm den Zeigefinger vom Schaffner weg und stach damit steil nach oben,

„wissen Sie auch, wer das ist? In der Luft? Die Stimmen? Nachts die Stimmen? Wissen Sie das denn auch, wie?“

Leise schlotterten die Tränensäcke unter seinen Augen. Der junge Mann am anderen Ende des Wagens war sehr blaß und hatte die Augen zu, als ob er schliefe.

„Die Toten sind es, die vielen vielen Toten.“ Der mit den Tränensäcken flüsterte: „Die Toten, meine Herrschaften. Es sind zu viele. Sie drängeln sich nachts in der Luft. Die vielzuvielen Toten sind das. Sie haben keinen Platz. Denn alle Herzen sind voll. Überfüllt bis an den Rand. Und nur in den Herzen können sie bleiben, das ist sicher. Aber es sind zuviel Tote, die nicht wissen: Wohin!?“

Die anderen in der Bahn an diesem Nachmittag hielten den Atem an. Nur der blasse junge Mann holte mit geschlossenen Augen tief und schwer Luft, als ob er schliefe.

Der ältere Herr piekste mit seinem hellen Zeigefinger nacheinander auf seine Zuhörer los. Auf die Mädchen, auf den Schaffner und auf die alte Frau. Und dann flüsterte er wieder: „Und darum schläft man nicht. Nur darum. Es sind zuviel Tote in der Luft. Die haben keinen Platz. Die reden dann nachts und suchen ein Herz. Darum schläft man nicht, weil die Toten nachts nicht schlafen. Es sind zu viele. Besonders nachts. Nachts reden sie, wenn es ganz still ist. Nachts sind sie da, wenn das andere alles weg ist. Nachts haben sie dann Stimmen. Darum schläft man so schlecht.“ Die alte Frau mit dem Schnupfen zog piepend die Luft hoch und starrte erregt auf die faltigen, schlotternden Tränensäcke des flüsternden älteren Herrn. Aber die Mädchen kicherten. Sie kannten andere Stimmen in der Nacht, lebendige, die wie warme männliche Hände auf der nackten Haut lagen, die sich unter das Bett schoben, leise, gewalttätig, besonders nachts. Sie kicherten und schämten sich voreinander. Und keine wußte, daß die andere auch die Stimmen hörte, nachts, in den Träumen. Der Schaffner malte große schiefe Gesichter an die nebelnassen Scheiben und sagte:

„Ja, die Toten sind da. Die reden in der Luft. In der Nacht, ja. Das ist klar. Das sind die Stimmen. Die hängen nachts in der Luft, überm Bett. Dann schläft man davon nicht. Das ist klar."

Die alte Frau zog ihren Schnupfen durch die Nase und nickte: „Die Toten, ja, die Toten: Das sind die Stimmen. Überm Bett. O ja, immer überm Bett."

Und die Mädchen fühlten fremde männliche Hände heimlich auf der Haut, und sie hatten rote Gesichter an diesem grauen Nachmittag in der Straßenbahn. Aber der junge Mann, der war blaß und sehr einsam in seiner Ecke und hatte die Augen zu, als ob er schliefe. Da stach der mit den Tränensäcken mit seinem hellen Finger in die dunkle Ecke hinein, in der der Blasse saß, und flüsterte:

„Ja, die Jungen! Die können schlafen. Nachmittags. Nachts. Im November. Immer. Die hören die Toten nicht. Die Jungen, die verschlafen die heimlichen Stimmen. Nur wir Alten haben inwendig Ohren. Die Jungen haben keine Ohren für die Stimmen nachts. Die können schlafen."

Sein Zeigefinger piekste von ferne verächtlich auf den blassen jungen Mann los und die anderen atmeten erregt. Da machte er die

Augen auf, der Blasse, und stand plötzlich und schwankte auf den älteren Herrn zu. Erschrocken verkroch sich der Zeigefinger in der Handfläche und die Tränensäcke standen einen Augenblick lang still. Der Blasse, der Junge, griff nach dem Gesicht des älteren Herrn und sagte:

„Oh, bitte. Werfen Sie nicht die Zigarette weg. Geben Sie sie bitte mir. Mir ist schlecht. Ich habe nämlich etwas Hunger. Geben Sie sie mir. Das tut gut. Mir ist nämlich schlecht“.

Da feuchteten sich die Tränensäcke an und fingen faltig an zu schlottern, traurig, leise, erschrocken. Und der ältere Herr sagte: „Ja, Sie sind sehr blaß. Sie sehen sehr schlecht aus. Haben Sie keinen Mantel? Wir haben November.“

„Ich weiß doch, ich weiß doch“, sagte der Blasse, „meine Mutter sagt jeden Morgen zu mir, ich soll den Mantel anziehen, es wäre November. Ja, ich weiß. Aber sie ist schon drei Jahre tot. Sie weiß ja nicht, daß ich keinen Mantel mehr habe. Jeden Morgen sagt meine Mutter: Es ist doch November, sagt sie. Aber sie kann das ja nicht wissen mit dem Mantel, sie ist ja tot.“

Der junge Mann nahm die glimmende Zigarette und schwankte aus dem Wagen. Draußen war Nebel, war Nachmittag und November. Und in den einsamen späten Nachmittag hinein ging ein junger, sehr blasser Mann mit einer Zigarette. Er hatte Hunger. Er hatte keinen Mantel. Seine Mutter war tot, und es war November. Und drinnen saßen die anderen und sie atmeten nicht. Leise, traurig schlotterten die Tränensäcke. Und der Schaffner malte große schiefe Gesichter an die Scheibe. Große schiefe Gesichter.

Gespräch über den Dächern

Für Bernhard Meyer-Marwitz

Draußen steht die Stadt. In den Straßen stehn die Lampen und passen auf. Daß nichts passiert. In den Straßen stehen die Linden und die Mülleimer und die Mädchen, und ihr Geruch ist der Geruch der Nacht: schwer, bitter, süß. Schmaler Rauch steht steil über den blanken Dächern. Der Regen hat zu trommeln aufgehört und hat sich davongemacht. Aber die Dächer sind noch blank von ihm und die Sterne liegen weiß auf den dunkelnassen Ziegeln. Manchmal ragt ein Katzengestöhn brünstig bis an den Mond. Oder ein Menschenweinen. In den Parks und den Gärten der Vorstädte steht der bleichsüchtige Nebel auf und spiralt sich durch die Straßen. Eine Lokomotive schluchzt ihren Fernwehschrei tief in die Träume der tausend Schläfer. Unendliche Fenster sind da. Nachts sind diese unendlichen Fenster. Und die Dächer sind blank, seit der Regen entfloh.

Draußen steht die Stadt. Ein Haus steht in der Stadt. Stumm, steinern, grau wie die andern. Und ein Zimmer ist in dem Haus. Ein Zimmer, eng, kalkig, zufällig, wie die andern auch. Und in dem Zimmer sind zwei Männer. Einer ist blond und sein Atem geht weich und das Leben geht wie sein Atem weich in ihn hinein, aus ihm heraus. Seine Beine liegen schwer wie Bäume auf dem Teppich, und der Stuhl, auf dem er sitzt, knackt verstohlen im Gefüge. Das ist der tief im Zimmer. Und einer steht am Fenster. Lang, hoch, gekrümmt, schrägschultrig. Seine Schläfenknochen, der Rand seines Ohres, schwimmen weißgrau und mehlig im Zimmer. Im Auge blinkt zage das Licht von der Lampe im Hof. Aber der Hof, das ist draußen und die Lampe glimmt sparsam. Ein Atem geht am Fenster auf und ab wie eine Säge. Manchmal beschlägt das Fensterglas mit einem duffen warmen Hauch von diesem Atem. Eine Stimme ist da am Fenster wie von einem Amokläufer, panisch, atemlos, gehetzt, übertrieben, erregt:

„Siehst du das nicht? Siehst du nicht, daß wir ausgeliefert sind. Ausgeliefert an das Ferne, an das Unaussprechliche, an das Ungewisse, das Dunkle? Fühlst du nicht, daß wir ausgeliefert sind an das Gelächter, an die Trauer und die Tränen, an das Gebrüll. Du, das ist furchtbar, wenn das Gelächter in uns aufstößt und schwillt, das Gelächter über uns selbst. Wenn wir an den Gräbern unserer Väter und Freunde und unserer Frauen stehen und das Gelächter steht auf. Das Gelächter in der Welt, das den Schmerz belauert. Das Gelächter, das die Trauer anfällt, in uns, wenn wir weinen. Und wir sind ihm ausgeliefert.

Furchtbar ist es, du, oh, furchtbar, wenn die Trauer uns anweht und die Tränen durch die Ritzen sickern, wenn wir an den Wiegen unserer Kinder stehen. Furchtbar, wenn wir an den bräutlichen Betten stehen, und die Trauer, die schwarzlakige Lemure, kriecht in uns hoch, eisig einsam. Steht auf in uns, wenn wir lachen, und wir sind ihr ausgeliefert.

Weißt du das nicht? Weißt du nicht, wie furchtbar das Gebrüll ist, das anwächst in der Welt, voll Angst wächst in der Welt, das in dir hochkommt und brüllt. Brüllt in der Stille der Nacht, brüllt in der Stille der Liebe, brüllt in der stummen Einsamkeit. Und das Gebrüll heißt: Spott! Heißt: Gott! Heißt: Leben! Heißt: Angst. Und wir sind ihm ausgeliefert mit all unserm Blut in uns.

Wir lachen. Und unser Tod ist geplant von Anfang an. Wir lachen. Und unsere Verwesung ist unausweichlich. Wir lachen. Und unser Untergang steht bevor. Heute abend. Übermorgen. In neuntausend Jahren. Immer.

Wir lachen, aber unser Leben ist dem Zufall vorgeworfen, ausgeliefert, unvermeidlich. Dem Zufälligen, begreifst du? Was fällt in der Welt, kann auf dich fallen und dich erdrücken oder stehenlassen. Wie der Zufall zufällig fällt. Und wir: ausgeliefert ihm, vorgeworfen zum Fraß.

Dabei lachen wir. Stehen dabei und lachen. Und unser Leben, unsere Liebe und unser geliebtes gelebtes Leid – sie sind ungewiß und zufällig wie die Welle und der Wind. Willkürlich. Begreifst du? Begreifst du!“

Aber der andere schweigt. Und der am Fenster krächzt wieder: „Und dann wir hier in der Stadt, tief drinnen in diesem einsamsten der Wälder, tief unter diesem erdrückendsten Steinberg, in dieser Stadt, in der uns keine Stimme anspricht, in der uns kein Ohr gehört und kein Auge begegnet. In dieser Stadt, in der die Gesichter ohne Gesicht an uns vorüberschwimmen, namenlos, zahllos, wahllos. Ohne Anteil, herzlos. Ohne Bleibe, ohne Anfang, ohne Hafen. Algen. Algen im Strom der Zeit. Algen, grün, grau, gelb, dunkelweiß aus der Tiefe auftauchend, spurlos wieder hinabtauchend in die Wasser der Welt: Algen, Gesichter, Menschen.

In dieser Stadt, wir hier, heimatlos, ohne Baum, ohne Vogel, ohne Fisch: vereinsamt, verloren, untergegangen. Ausgeliefert, verloren an ein Meer von Mauern, an ein Meer von Mörtel, Staub und Zement. Den Treppen, den Tapeten, den Türmen und Türen vorgeworfen. Wir hier in der Stadt, mit unserer unheilbaren unheilvollen Liebe verkauft an sie. Verlaufen im einsamen Wald Stadt, im Wald aus Wänden, Fassaden, Eisen, Beton und Laternen. Verlaufen auf diese Welt, ohne Herkunft, ohne Zuhause. Verschenkt an die antwortlose einsame Nacht in den Straßen. Ausgeliefert an den millionengesichtigen Tag mit seinem millionenstimmigen Gebrüll, ausgeliefert mit unserem wehrlosen weichen Stück Herzen. Ausgeliefert mit unserem unüberlegten Mut und unseren kleinen Begriffen. An das Pflaster gekettet, an die Steine, an den Teer und die Siele, Pontons und Kanäle mit jedem Pulsschlag, mit unseren Nasen, Augen und Ohren. Ohne Ziel für eine Flucht. Unter Dächer gedrückt, den Kellern, den Decken, den Stuben ausgeliefert. Hörst du das? Du, das sind wir und so ist das mit uns. Und du glaubst, du hältst das aus bis morgen, bis Weihnachten, bis zum März?“

Der Amokläufer klirrt mit seiner blechernen Stimme tief in das dunkel gewordene Zimmer hinein. Aber der Blonde atmet weich und sicher, und er nimmt die Lippen zu keiner Antwort voneinander. Und der am Fenster sticht mit seiner Stimme weiter in die Stille des späten Abends, unbarmherzig, gequält, gezwungen:

„Wir halten das aus. Wie findest du das, wie? Wir halten das aus. Wir lachen. Ausgeliefert den Bestien in uns und um uns, lachen wir. Oh, und wie wir den Frauen, unseren Frauen, verfallen sind. Den gemalten Lippen, den Wimpern, dem Hals, dem Geruch ihres Fleisches verfallen. Vergessen im Spiel ihrer Sehnsüchte, untergegangen im Zauber ihrer Zärtlichkeiten, lächeln wir. Und die Trennung hockt frierend und grinsend auf den Türdrückern, tickt in den Uhrwerken. Wir lächeln, als wären uns Ewigkeiten gewiß, und der Abschied, alle Abschiede, warten schon in uns. Alle Tode tragen wir in uns. Im Rückenmark. In der Lunge. Im Herzen. In der Leber. Im Blut. Überall tragen wir unseren Tod mit uns herum und vergessen uns und ihn im Schauer einer Liebkosung. Oder weil eine Hand so schmal und eine Haut so hell ist. Und der Tod, und der Tod, und der Tod lacht über unser Gestöhn und Gestammel!"

Der am Fenster hat mit seinem Panikatem alle Luft in dem Zimmer verschlungen, heruntergewürgt, und als heiße heisere Worte wieder ausgestoßen. Es ist keine Luft mehr in dem Zimmer, und er stößt das Fenster weit auf. Die Chitinpanzer der Nachtinsekten klickern erregt und knisternd gegen das Glas. Etwas rasselt vorbei, halblaut. Es quietscht verstohlen, als wenn eine Frau aus einem lauten Lachen ein kleines Kichern macht.

„Enten." Sagt weich und rund der im Zimmer. Und er hält sich noch einen Augenblick fest an seinem Wort, als der am Fenster sich wieder über ihn ausschüttet:

„Hast du gehört, wie sie kichern, die Enten? Alles lacht über uns. Die Enten, die Frauen, die ungeölten Türen. Überall lauert das

Gelächter. Oh, daß es dieses Gelächter gibt in der Welt! Und die Trauer gibt es und den Gott Zufall. Und es gibt das Gebrüll, das riesenmäulige Gebrüll! Und wir haben den Mut: Und wohnen. Und wir haben den Mut: Und planen. Und lachen. Und lieben. Wir leben! Wir leben, leben ohne Tod, und unser Tod war beschlossen von Anfang an. Abgemacht. Von vornherein. Aber wir sind mutig, wir Todtragenden: Wir machen Kinder, wir fahren, wir schlafen. Jede Minute, die war, ist unwiederbringlich. Unübersehbar jede, die kommt. Aber wir Mutigen, wir Untergangsgezeichneten: Wir schwimmen, wir fliegen, wir gehen über Straßen und Brücken. Und über die Planken der Schiffe schwanken wir – und unser Untergang, hörst du, unser Untergang feixt hinter der Reling, lauert unter den Autos, knistert in den Pfeilern der Brücken. Unser Untergang, unabwendbar.

Und wir, Zweibeiner, Leute, Menschtiere, mit unserm bißchen roten Saft, mit unserm bißchen Wärme und Knochen und Fleisch und Muskel – wir halten das aus. Unsere Verwesung ist beschlossen, unbestechlich, und: Wir pflanzen. Unser Verfall kündigt sich an, unwiderruflich, und: Wir bauen. Unser Verschwinden, unsere Auflösung, unser Nichtsein ist gewiß, ist notiert, unauslöschlich – unser Nicht-mehr-hier-Sein steht unmittelbar bevor, und: Wir sind. Wir sind noch. Wir haben den unfaßbaren Mut: Und sind.

Und der Zufall, der unberechenbare verspielte Gott über uns, der Zufall, der grausame gewaltige Zufall balanciert betrunken auf den Dächern der Welt. Und unter den Dächern sind wir Sorglosen mit unserem unfaßbaren Glauben.

Ein paar Gramm Gehirn versagen, zwei Gramm Rückenmark meutern: und wir sind lahm. Wir sind blöd. Steif. Elend. Aber wir lachen.

Ein paar Herzschläge kommen nicht: Und wir bleiben ohne Erwachen, ohne Morgen. Aber wir schlafen – zuversichtlich. Tief und tierisch getrost.

Ein Muskel, ein Nerv, eine Sehne setzt aus: Wir stürzen. Abgrundtief, endlos. Aber wir fahren, wir fliegen und schwanken breitspurig auf den Planken der Schiffe.

Daß wir so sind – was ist das, du? Daß wir so sein können, daß wir so sein müssen – keine Lippe gibt das frei. Ohne Lösung, ohne Grund, ohne Gestalt ist das. Dunkel. Und wir? Wir sind. Sind dennoch, immer noch. Oh, du – wir sind immer noch. Immer noch, du, immer noch."

Die beiden Männer in dem Zimmer atmen. Weich und ruhig der eine, rasselnd und hastig der am Fenster. Draußen steht die Stadt. Der Mond schwimmt wie ein schmutziges Eigelb in der bickbeerblauen Suppe des Nachthimmels. Er sieht faulig aus und man hat das Gefühl, er müsse stinken. So krank sieht der Mond aus. Aber der Gestank kommt aus den Kanälen. Aus den klotzigen klobigen Würfelmassen des Häusermeeres mit den Millionen von glasigen Augen im Dunkel. Aber der Mond sieht ungesund aus, daß man glauben kann, der Geruch käme von ihm. Doch dazu ist er wohl zu weit ab und es werden die Kanäle sein. Ja, die Kanäle sind es, die grauschwarzen Blöcke der Häuser, die blauschwarzen blanken Autos, die gelben blechernen Straßenbahnen, die dunklen rußroten

Güterzüge, die lila Löcher der Siele, die naßgrünen Gräber, die Liebe, die Angst – die sind es, die die Nacht so voll Geruch machen. Der Mond kann es wohl doch nicht sein, obgleich er so faulig und kränklich, so entzündet und breiig im asternfarbenen Himmel schwimmt. Viel zu gelb im asternfarbenen violetten Himmel.

Der am Fenster, der Heisere, Hastige, Hagere, der sieht diesen Mond, und er sieht die Stadt unter dem Mond und er streckt seine Arme aus dem Fenster hinaus und greift diese Stadt. Und seine Stimme kratzt durch die Nacht wie eine Feile:

„Und dann diese Stadt!“ kratzt die Stimme vom Fenster her, „und dann diese Stadt. Das sind wir, Gummireifen, Apfelschale, Papier, Glas, Puder, Stein, Staub, Straße, Häuser, Hafen: Alles sind wir. Überall wir. Wir selbst: Erdrückende brennende kalte erhebende Stadt. Wir, wir allein sind diese Stadt. Wir ganz allein, ohne Gott, ohne Gnade, wir sind die Stadt.

Und wir halten das aus in der Stadt, und in uns und um uns zu sein. Wir halten das aus, Hafen zu sein. Wir halten die Ausreisen und Ankünfte aus, wir Hafenstädter. Wir halten das Unbegreifliche aus: In den Nächten zu sein! In diesen Hafennächten, wo das Grellbunte und das Toddunkel Arm in Arm gehen. In diesen Stadtnächten, die voll zerrissener seidiger Wäsche und voll warmer Mädchenhaut sind. Wir ertragen diese Alleinnächte, die Sturmnächte, die Fiebernächte und die karusselligen Schnapsnächte, die gegrölten, aushöhlenden. Wir ertragen diese Rauschnächte über vollgeschriebenem Papier und unter blutenden Mündern. Wir halten sie aus. Hörst du, wir kommen durch, wir überleben das.

Und die Liebe, die blutfarbene Liebe, ist in den Nächten. Und sie tut weh, manchmal. Und sie lügt, immer, die Liebe: Aber wir lieben mit allem, was wir haben.

Und das Grauen, die Angst, die Verzweiflung, die Ausweglosigkeit sind in den schmerzvollen Nächten – an unseren schnapsnassen Tischen, vor unseren blühenden Betten, neben unseren liedübergrölten Straßen. Aber wir lachen. Wir leben mit allem, was wir können. Und mit allem, was wir sind.

Und wir Ungläubigen, wir Belogenen, Getretenen, Ratlosen und Aufgegebenen, wir von Gott und dem Guten und der Liebe Enttäuschten, wir Bitterwissenden: Wir, wir warten jede Nacht auf die Sonne. Wir warten bei jeder Lüge wieder auf die Wahrheit. Wir glauben an jeden neuen Schwur in der Nacht, wir Nächtigen. Wir glauben an den März, glauben an ihn mitten im November. Wir glauben an unseren Leib, an diese Maschine, an ihr Morgen-noch-Sein, an ihr Morgen-noch-Funktionieren. Wir glauben an die heiße hitzige Sonne im Schneesturm. An das Leben glauben wir, wir: mitten im Tod. Das sind wir, wir Illusionslosen mit den großen unmöglichen Rosinen im Kopf.

Wir leben ohne Gott, ohne Bleibe im Raum, ohne Versprechen, ohne Gewißheit – ausgeliefert, vorgeworfen, verloren. Weglos stehen wir im Nebel, ohne Gesicht im Strom der Nasen, Ohren und Augen. Ohne Echo stehen wir in der Nacht, ohne Mast und Planke im Wind, ohne Fenster, ohne Tür für uns. Mondlos, sternlos im

Dunkel, mit armseligen schwindsüchtigen Laternen betrogen. Ohne Antwort sind wir. Ohne Ja. Ohne Heimat und Hand, herzlos, umdüstert. Ausgeliefert an das Dunkel, an den Nebel, an den unerbittlichen Tag und an die türlose, fensterlose Finsternis. Ausgeliefert sind wir an das In-uns und das Um-uns. Unentrinnbar, ausweglos. Und wir lachen. Wir glauben an den Morgen. Aber wir kennen ihn nicht. Wir vertrauen, wir bauen auf den Morgen. Aber keiner hat ihn uns versprochen. Wir rufen, wir flehen, wir brüllen nach morgen. Und keiner gibt uns Antwort."

Die hagere hohe gekrümmte Chimäre am Fenster trommelt gegen das Glas:

„Da! Da! Da! Da! Die Stadt. Die Lampen. Die Weiber. Der Mond. Der Hafen. Die Katzen. Die Nacht. Reiß das Fenster auf, schrei hinaus, schrei, schwöre, schluchze hinaus, brüll dich hinaus mit allem was dich quält und verbrennt: keine Antwort. Bete! keine Antwort. Fluche! – keine Antwort. Schrei aus deinem Fenster dein Leid hinaus in die Welt: keine Antwort. O nein, keine keine Antwort!"

Draußen steht die Stadt. Draußen steht die Nacht in den Straßen mit ihrem Mädchen- und Mülleimergeruch. Und das Haus steht in den Straßen der Stadt, das Haus mit dem Zimmer und den Männern. Das Zimmer mit den zwei Männern. Und einer steht am Fenster, und der hat sich hineingeschrien in die Zimmerdämmerung auf den Freund zu. Lang und schmal ist er aufgeflackert, spukheiser, von fernher, schrägschultrig, verzehrend, verheerend, hingerissen. Und seine Schläfen sind blauweich und naßblank wie draußen die

Dächer unterm Mond. Und der andere ist tief in der Geborgenheit des Zimmers. Breit, blond, blaß und bärenstimmig. Er lehnt sich an die Wand, von der Chimäre am Fenster überwältigt, übergossen. Aber dann greift seine weiche runde Stimme nach dem Freund am Fenster:

„Warum hängst du dich um Gottes und der Welt willen nicht auf, du hoffnungslose wahnwitzige dürre glimmende Latte, du? Ratte du! Griesgrämige, rotznäsige Ratte! Du alles zu Mehl mahlender Holzwurm. Du mahnender tickender Totenwurm. In Petroleum sollte man dich stecken, du stinkender Lappen. Häng dich auf, du blödsinniges besoffenes Bündel Mensch. Warum hängst du noch nicht, du verlassenes, verlorenes, aufgegebenes Stück Leben, wie?"

Seine Stimme ist voll Sorge und ist gut und warm in all seinen Flüchen.

Aber der Lange hetzt vom Fenster her seinen hölzernen Ton, sein rauhes rissiges Organ, zu dem Sprecher an der Wand. Das Rauhe, Rissige springt den an der Wand an, verlacht ihn, überrascht ihn:

„Aufhängen? Ich? Ich und aufhängen, mein Gott! Hast du nicht begriffen, nie begriffen, daß ich dieses Leben doch liebe? Mein Gott, und ich an die Laterne!

Auslöffeln, aussaufen, auslecken, auskosten, ausquetschen will ich dieses herrliche heiße sinnlose tolle unverständliche Leben! Das soll ich versäumen? Ich? Aufhängen? Mich? Du, du sagst, ich soll an die Laterne? Ich? Du sagst das?"

Der blasse blonde Mann, der ruhig an der Wand lehnt, rollt seine runde Stimme zurück zu dem am Fenster:

„Aber Junge, Mensch, Mann: Warum lebst du denn?"

Und der Hagere hustet heiser dagegen:

„Warum? Warum ich lebe? Vielleicht aus Trotz? Aus purem Trotz. Aus Trotz lach ich und eß ich und schlaf ich und wach ich wieder auf. Nur aus Trotz. Aus Trotz setz ich Kinder in diese Welt, in diese Welt! Lüge ich den Mädchen Liebe ins Herz und in die Hüften, und laß sie die Wahrheit fühlen, die erschreckende fürchterliche Wahrheit. Diese gräuliche blutlose hängebusige flachschenkelige verbrauchte Hure!

Ein Schiff bauen, eine Schaufel brauchen, ein Buch machen, eine Lokomotive heizen, einen Schnaps brennen. Zum Trotz! Aus Trotz! Ja: Leben! Aber zum Trotz! Aufgeben, aufhängen: ich? Und morgen passiert es vielleicht, morgen kann es schon geschehen, jeden Moment kann es eintreffen."

Ganz leise krächzt der Dunkle jetzt, der vorm Fensterkreuz, allwissend nicht, aber alles ahnend. Und der Blonde im Zimmer, der Runde, Gesicherte, Nüchterne, fragt:

„Was? Was passiert? Was soll eintreffen? Wer? Wo? Es ist noch nie etwas passiert, du, noch nie!"

Und der andere antwortet:

„Nein, nichts ist passiert. Nichts. Wir nagen noch immer an Knochen, hausen noch immer in Höhlen aus Holz und Stein. Nichts ist passiert. Nichts ist gekommen. Ich weiß. Aber: Kann es nicht jeden Tag kommen? Heute abend? Übermorgen? An der nächsten Ecke kann es schon sein. Im nächsten Bett. Auf der anderen Seite. Denn einmal muß es doch kommen, das Unerwartete, Geahnte, Große, Neue. Das Abenteuer, das Geheimnis, die Lösung. Einmal kommt vielleicht eine Antwort. Und die, die soll ich versäumen? Nein, du, nein, nie! Nie und nie! Fühlst du nicht, daß irgend etwas kommen kann? Frag nicht: Was? Fühlst du das nicht, du? Ahnst du das nicht, dieses in dir? Außer dir? Denn es kommt, du, vielleicht ist es schon da. Irgendwo. Unerkannt. Heimlich. Vielleicht begreifen wir es heute nacht, morgen am Mittag, nächste Woche, auf dem Sterbebett. Oder sind wir ohne Sinn? Ausgeliefert an das Gelächter in uns und über uns? An die Trauer, die Tränen und das Gebrüll der Ängste und Nächte. Ausgeliefert? Vielleicht? Vorgeworfen – vielleicht? Verloren – vielleicht? Sind wir ohne Antwort? Sind wir, wir selbst, diese Antwort? Oder, du, antworte. Sag das: Sind wir am Ende endlich selbst diese Antwort? Haben wir sie in uns, die Antwort, wie den Tod? Von Anfang an? Tragen wir Tod und Antwort in uns, du? Steht es bei uns, ob uns eine Antwort wird oder nicht? Sind wir zuletzt nur uns selbst ausgeliefert? Nur uns selbst? Sag mir das, du: Sind wir selbst die Antwort? Sind wir uns selbst, uns selbst ausgeliefert? Du? Du!“

Mit zwei krummen dünnen riesigen Armen hält sich der Lange, das brennende Gespenst, der Dunkle, Heisere, Flüsternde, am Fensterkreuz. Der Blonde aber steckt seine runde satte Stimme tief zurück in seinen Bauch. Der Frager am Fenster hat sich mit seiner Frage selbst geantwortet. Der Atem von zwei Männern geht warm ineinander über. Ihr großer guter Geruch, der Geruch von Pferd, Tabak, Leder und Schweiß, füllt das Zimmer.

Hoch oben an der Decke wird der Kalk Fleck um Fleck langsam heller. Draußen sind der Mond, die Lampen und die Sterne blaß und arm geworden. Glanzlos, sinnlos, blind.

Und draußen da steht die Stadt. Dumpf, dunkel, drohend. Die Stadt: Groß, grausam, gut. Die Stadt: Stumm, stolz, steinern, unsterblich.

Und draußen, am Stadtrand, steht frostrein und durchsichtig der neue Morgen.

Unterwegs

Generation ohne Abschied

Wir sind die Generation ohne Bindung und ohne Tiefe. Unsere Tiefe ist Abgrund. Wir sind die Generation ohne Glück, ohne Heimat und ohne Abschied. Unsere Sonne ist schmal, unsere Liebe grausam und unsere Jugend ist ohne Jugend. Und wir sind die Generation ohne Grenze, ohne Hemmung und Behütung – ausgestoßen aus dem Laufgitter des Kindseins in eine Welt, die die uns bereitet, die uns darum verachten.

Aber sie gaben uns keinen Gott mit, der unser Herz hätte halten können, wenn die Winde dieser Welt es umwirbelten. So sind wir die Generation ohne Gott, denn wir sind die Generation ohne Bindung, ohne Vergangenheit, ohne Anerkennung.

Und die Winde der Welt, die unsere Füße und unsere Herzen zu Zigeunern auf ihren heißbrennenden und mannshoch verschneiten Straßen gemacht haben, machten uns zu einer Generation ohne Abschied.

Wir sind die Generation ohne Abschied. Wir können keinen Abschied leben, wir dürfen es nicht, denn unserm zigeunernden Herzen geschehen auf den Irrfahrten unserer Füße unendliche Abschiede. Oder soll sich unser Herz binden für eine Nacht, die doch einen Abschied zum Morgen hat? Ertrügen wir den Abschied? Und wollten wir die Abschiede leben wie ihr, die anders sind als wir und den Abschied auskosteten mit allen Sekunden, dann könnte es geschehen, daß unsere Tränen zu einer Flut ansteigen würden, der keine Dämme, und wenn sie von Urvätern gebaut wären, widerstehen.

Nie werden wir die Kraft haben, den Abschied, der neben jedem Kilometer an den Straßen steht, zu leben, wie ihr ihn gelebt habt.

Sagt uns nicht, weil unser Herz schweigt, unser Herz hätte keine Stimme, denn es spräche keine Bindung und keinen Abschied. Wollte unser Herz jeden Abschied, der uns geschieht, durchbluten, innig, trauernd, tröstend, dann könnte es geschehen, denn unsere Abschiede sind eine Legion gegen die euren, daß der Schrei unserer empfindlichen Herzen so groß wird, daß ihr nachts in euren Betten sitzt und um einen Gott für uns bittet.

Darum sind wir eine Generation ohne Abschied. Wir verleugnen den Abschied, lassen ihn morgens schlafend, wenn wir gehen, verhindern ihn, sparen ihn – sparen ihn uns und den Verabschiedeten. Wir stehlen uns davon wie Diebe, undankbar dankbar und nehmen die Liebe mit und lassen den Abschied da.

Wir sind voller Begegnungen, Begegnungen ohne Dauer und ohne Abschied, wie die Sterne. Sie nähern sich, stehen Lichtsekunden nebeneinander, entfernen sich wieder: ohne Spur, ohne Bindung, ohne Abschied.

Wir begegnen uns unter der Kathedrale von Smolensk, wir sind ein Mann und eine Frau – und dann stehlen wir uns davon.

Wir begegnen uns in der Normandie und sind wie Eltern und Kind – und dann stehlen wir uns davon.

Wir begegnen uns eine Nacht am finnischen See und sind Verliebte – und dann stehlen wir uns davon.

Wir begegnen uns auf einem Gut in Westfalen und sind Genießende und Genesende – und dann stehlen wir uns davon.

Wir begegnen uns in einem Keller der Stadt und sind Hungernde, Müde, und bekommen für nichts einen guten satten Schlaf – und dann stehlen wir uns davon.

Wir begegnen uns auf der Welt und sind Mensch mit Mensch – und dann stehlen wir uns davon, denn wir sind ohne Bindung, ohne Bleiben und ohne Abschied. Wir sind eine Generation ohne Abschied, die sich davonstiehlt wie Diebe, weil sie Angst hat vor dem Schrei ihres Herzens. Wir sind eine Generation ohne

Heimkehr, denn wir haben nichts, zu dem wir heimkehren könnten, und wir haben keinen, bei dem unser Herz aufgehoben wäre – so sind wir eine Generation ohne Abschied geworden und ohne Heimkehr.

Aber wir sind eine Generation der Ankunft. Vielleicht sind wir eine Generation voller Ankunft auf einem neuen Stern, in einem neuen Leben. Voller Ankunft unter einer neuen Sonne, zu neuen Herzen. Vielleicht sind wir voller Ankunft zu einem neuen Lieben, zu einem neuen Lachen, zu einem neuen Gott.

Wir sind eine Generation ohne Abschied, aber wir wissen, daß alle Ankunft uns gehört.

Eisenbahnen, nachmittags und nachts

Strom und Straße sind uns zu langsam. Sind uns zu krumm. Denn wir wollen nach Hause. Wir wissen nicht, wo das ist: Zu Hause. Aber wir wollen hin. Und Straße und Strom sind uns zu krumm.

Aber auf Brücken und Dämmen hämmern die Bahnen. Durch schwarzgrünatmende Wälder und die sternbestickten seidigen samtenen Nächte fauchen die Güterzüge heran und davon mit dem unablässigen Hintereinander der Räder. Über Millionen schwieliger Schwellen vorwärtsgerumpelt. Unaufhaltsam. Ununterbrochen: Die Bahnen. Über Dämme hinhämmernd, über Brücken gebrüllt, aus Diesigkeiten herandonnernd, in Dunkelheiten verdämmernd:

Summende brummende Bahnen. Güterzüge, murmelnd, eilig, irgendwie träge und ruhlos, sind sie wie wir.

Sie sind wie wir. Sie kündigen sich an, pompös, großartig und schon aus enorm ferner Ferne, mit einem Schrei. Dann sind sie da wie Gewitter und als ob sie wunder was für Welten umwälzten. Dabei ähneln sie sich alle und sind immer wieder überraschend und erregend. Aber im Nu, kaum daß man begreift, was sie eigentlich wollen, sind sie vorbei. Und alles ist, als ob sie nicht waren. Höchstens Ruß und verbranntes Gras nebenher beweisen ihren Weg. Dann verabschieden sie sich, etwas melancholisch und schon aus enorm ferner Ferne, mit einem Schrei. Wie wir.

Einige unter ihnen singen. Summen und brummen durch unsere glücklichen Nächte und wir lieben ihren monotonen Gesang, ihren verheißungsvollen gierigen Rhythmus: Nach Haus – nach Haus – nach Haus. Oder sie ereifern sich vielversprechend durch schlafendes Land, heulen hohl über einsame Kleinstadtbahnhöfe mit eingeschüchterten schläfrigen Lichtern: Morgen in Brüssel – morgen in Brüssel. Oder sie wissen noch viel mehr, piano, nur für dich, und die neben dir sitzen, hören es nicht, piano: Ulla wartet – Ulla wartet – Ulla wartet. Aber es gibt auch gleichmütige unter ihnen, die endlos sind und weise und den breiten Rhythmus von alten Lastträgern haben. Sie murmeln und knurren allerhand vor sich hin und dabei liegen sie wie niegesehene Ketten in der Landschaft unter dem Mond, Ketten, unbegrenzt in ihrer Pracht und in ihrem Zauber und in ihren Farben im blassen Mond: Braunrot, schwarz oder grau, hellblau und weiß: Güterwagen –

zwanzig Menschen, vierzig Pferde – Kohlenwagen, die märchenhaft nach Teer und Parfüm stinken – Holzwaggons, die atmen wie Wald – Zirkuswagen, hellblau, mit den schnarchenden Athleten im Innern und den ratlosen Tieren – Eiswagen, grönlandkühl und grönlandweiß, fischduftend. Unbegrenzt sind sie in ihrem Reichtum, und sie liegen wie kostbare Ketten auf den stählernen Strängen und gleiten wie prächtige seltene Schlangen im Mondlicht. Und sie erzählen denen, die nachts mit ihrem Ohr leben und mit ihrem Ohr unterwegs sind, den Kranken und den Eingesperrten, von der unbegreiflichen Weite der Welt, von ihren Schätzen, von ihrer Süße, ihren Enden und Unendlichkeiten. Und sie murmeln die, die ohne Schlaf sind, in gute Träume.

Aber es gibt auch grausame, unerbittliche, brutale, die ohne Melodie durch die Nacht hämmern, und ihr Puls will dir nicht wieder aus den Ohren, denn er ist hart und häßlich, wie der Atem eines bösen asthmatischen Hundes, der hinter dir herhetzt: Immer weiter – nie zurück – für immer – für immer. Oder grimmiger mit grollenden Rädern: Alles vorbei – alles vorbei. Und ihr Lied gönnt uns den Schlaf nicht und scheucht noch grausam die friedlichen Dörfer rechts oder links aus den Träumen, daß die Hunde heiser werden vor Wut. Und sie rollen schreiend und schluchzend, die Grausamen, Unbestechlichen, unter den matten Gestirnen, und selbst der Regen macht sie nicht milde. In ihrem Schrei schreit das Heimweh, das Verlorene, Verlassene – schluchzt das Unabwendbare, Getrennte, Geschehene und Ungewisse. Und sie donnern einen dumpfen Rhythmus, unselig und untröstlich, auf den mondbeschienenen Schienen. Und du vergißt sie nie.

Sie sind wie wir. Keiner garantiert ihren Tod in ihrer Heimat. Sie sind ohne Ruh und ohne Rast der Nacht, und sie rasten nur, wenn sie krank sind. Und sie sind ohne Ziel. Vielleicht sind sie in Stettin zu Hause oder in Sofia oder in Florenz. Aber sie zersplittern zwischen Kopenhagen und Altona oder in einem Vorort von Paris. Oder sie versagen in Dresden. Oder mogeln sich noch ein paar Jahre als Altenteil durch – Regenhütten für Streckenarbeiter oder als Wochenendhäuschen für Bürger.

Sie sind wie wir. Sie halten viel mehr aus, als alle geglaubt haben. Aber eines Tages kippen sie aus den Gleisen, stehen still oder verlieren ein wichtiges Organ. Immer wollen sie irgendwohin. Niemals bleiben sie irgendwo. Und wenn es aus ist, was ist ihr Leben? Unterwegssein. Aber großartig, grausam, grenzenlos. Eisenbahnen, nachmittags, nachts. Die Blumen an den Bahndämmen, mit ihren rußigen Köpfen, die Vögel auf den Drähten, mit rußigen Stimmen, sind mit ihnen befreundet und erinnern sie noch lange.

Und wir bleiben auch stehen, mit erstaunten Augen, wenn es schon aus enorm ferner Ferne – verheißungsvoll herausschreit. Und wir stehen, mit flatterndem Haar, wenn es da ist wie Gewitter und als ob es wunder was für Welten umwälzte. Und wir stehen noch, mit rußigen Backen, wenn es – schon aus enorm ferner Ferne – schreit. Weit weit ab schreit. Schreit. Eigentlich war es nichts. Oder alles. Wie wir.

Und sie pochen vor den Fenstern der Gefängnisse süßen gefährlich verheißenden Rhythmus. Ohr bist du dann, armmütiger Häftling, unendliches Gehör bist du den klopfenden kommenden Zügen in den Nächten und ihr Schrei und ihr Pfiff überzittert das weiche Dunkel deiner Zelle mit Schmerz und Gelüst.

Oder sie stürzen brüllend über das Bett, wenn du nachts das Fieber beherbergst. Und die Adern, die mondblauen, vibrieren und nehmen das Lied auf, das Lied der Güterzüge: unterwegs – unterwegs – unterwegs – Und dein Ohr ist ein Abgrund, der die Welt verschluckt.

Unterwegs. Aber immer wieder wirst du auf Bahnhöfe ausgespien, ausgeliefert an Abschied und Abfahrt. Und die Stationen heben ihre bleichen Schilder wie Stirnen neben deiner dunklen Straße auf. Und sie haben Namen, die furchigen Stirnschilder, Namen, die sind die Welt: Bett heißen sie, Hunger und Mädchen. Ulla oder Carola. Und erfrorene Füße und Tränen. Und Tabak heißen die Stationen, oder Lippenstift oder Schnaps. Oder Gott oder Brot. Und die bleichen Stirnen der Stationen, die Schilder, haben Namen, die heißen: Mädchen.

Du bist selber Schienenstrang, rostig, fleckig, silbern, blank, schön und ungewiß. Und du bist in Stationen eingeteilt, zwischen Bahnhöfe gebunden. Und die haben Schilder und da steht dann Mädchen drauf, oder Mond oder Mord. Und das ist dann die Welt.

Eisenbahn bist du, vorübergerumpelt, vorübergeschrien – Schienenstrang bist du – alles geschieht auf dir und macht dich rostblind und silberblank.

Mensch bist du, giraffeneinsam ist dein Hirn irgendwo oben am endlosen Hals. Und dein Herz kennt keiner genau.

Bleib doch, Giraffe

Er stand auf dem windüberheulten nachtleeren Bahnsteig in der großen grauverrußten mondeinsamen Halle. Nachts sind die leeren Bahnhöfe das Ende der Welt, ausgestorben, sinnlos geworden. Und leer. Leer, leer, leer. Aber wenn du weitergehst, bist du verloren.

Dann bist du verloren. Denn die Finsternis hat eine furchtbare Stimme. Der entkommst du nicht und sie hat dich im Nu überwältigt. Mit Erinnerung fällt sie über dich her – an den Mord, den du gestern begingst. Und mit Ahnung fällt sie dich an – an den Mord, den du morgen begehst. Und sie wächst einen Schrei in dir an: niegehörter Fischschrei des einsamen Tieres, den das eigene Meer überwältigt. Und der Schrei zerreißt dein Gesicht und macht Kuhlen voll Angst und geronnener Gefahr darin, daß die andern erschrecken. So stumm ist der furchtbare Finsternisschrei des einsamen Tieres im eigenen Meer. Und steigt an wie Flut und rauscht dunkelschwingig gedroht wie Brandung. Und zischt verderbend wie Gischt.

Er stand am Ende der Welt. Die kalten weißen Bogenlampen waren gnadenlos und machten alles nackt und kläglich. Aber hinter ihnen wuchs eine furchtbare Finsternis. Kein Schwarz war so schwarz wie die Finsternis um die weißen Lampen der nachtleeren Bahnsteige.

Ich hab gesehen, daß du Zigaretten hast, sagte das Mädchen mit dem zu roten Mund im blassen Gesicht.

Ja, sagte er, ich hab welche.

Warum kommst du dann nicht mit mir? flüsterte sie nah.

Nein, sagte er, wozu?

Du weißt ja gar nicht, wie ich bin, schnupperte sie bei ihm herum.

Doch, antwortete er, wie alle.

Du bist eine Giraffe, du Langer, eine sture Giraffe! Weißt du denn, wie ich ausseh, du?

Hungrig, sagte er, nackt und angemalt. Wie alle.

Du bist lang und doof, du Giraffe, kicherte sie nah, aber du siehst lieb aus. Und Zigaretten hast du. Junge, komm doch, es ist Nacht.

Da sah er sie an. Gut, lachte er, du kriegst die Zigaretten und ich küß dich. Aber wenn ich dein Kleid anfasse, was dann?

Dann werde ich rot, sagte sie, und er fand ihr Grinsen gemein.

Ein Güterzug johlte durch die Halle. Und riß plötzlich ab. Verlegen versickerte sein sparsames verschwimmendes Schlußlicht im Dunkeln. Stoßend, ächzend, kreischend, rumpelnd – vorbei.

Da ging er mit ihr.

Dann waren Hände, Gesichter und Lippen. Aber die Gesichter bluten alle, dachte er, sie bluten aus dem Mund und die Hände halten Handgranaten. Aber da schmeckte er die Schminke und ihre Hand umgriff seinen mageren Arm. Dann stöhnte es und ein Stahlhelm fiel und ein Auge brach.

Du stirbst, schrie er.

Sterben, jauchzte sie, das wär was, du.

Da schob sie den Stahlhelm wieder in die Stirn. Ihr dunkles Haar glänzte matt.

Ach, dein Haar, flüsterte er.

Bleibst du? fragte sie leise.

Ja.

Lange?

Ja.

Immer?

Dein Haar riecht wie nasse Zweige, sagte er.

Immer? fragte sie wieder.

Und dann aus der Ferne: naher dicker großer Schrei. Fischschrei, Fledermausschrei, Mistkäferschrei. Niegehörter Tierschrei der Lokomotive. Schwankte der Zug voll Angst im Geleise vor diesem Schrei? Nievernommener neuer gelbgrüner Schrei unter erblaßtem Gestirn. Schwankten die Sterne vor diesem Schrei?

Da riß er das Fenster auf, daß die Nacht mit kalten Händen nach der nackten Brust griff und sagte: Ich muß weiter.

Bleib doch, Giraffe! Ihr Mund schimmerte krankrot im weißen Gesicht.

Aber die Giraffe stelzbeinte mit hohlhallenden Schritten übers Pflaster davon. Und hinter ihm sackte die mondgraue Straße wieder stummgeworden in ihre Steineinsamkeit zurück. Die Fenster sahen reptiläugig tot wie mit Milchhauch verglast. Die Gardinen, schlafschwere heimlich atmende Lider, wehten leise. Pendelten. Pendelten weiß, weich und winkten wehmütig hinter ihm her.

Der Fensterflügel miaute. Und es fror sie an der Brust. Als er sich umsah, war hinter der Scheibe ein zu roter Mund. Giraffe, weinte der.

Vorbei vorbei

Manchmal traf er sich selbst. Er kam mit weichem Schritt schiefschultrig auf sich zu, seine Haare waren übermäßig lang, daß sie das eine Ohr überhingen, er gab sich die Hand, nicht sehr fest, und sagte: Tag.

Tag. Wer bist du?

Du.

Ich?

Ja.

Und dann sagte er zu sich selbst: Warum schreist du manchmal?

Das ist das Tier.

Das Tier?

Das Tier Hunger.

Und dann fragte er sich: Warum weinst du oft?

Das Tier! Das Tier!

Das Tier?

Das Tier Heimweh. Das weint. Das Tier Hunger, das schreit. Und das Tier Ich – das türmt.

Wohin?

Ins Nichts. Es gibt kein Tal für eine Flucht. Überall treff ich mich. Am meisten in den Nächten. Aber man türmt immer weiter. Das Tier Liebe greift nach einem, aber das Tier Angst bellt vor den Fenstern, dahinter das Mädchen und sein Bett stehen. Und dann kichert der Türdrücker und man türmt. Und immer ist man hinter sich her. Mit dem Tier Hunger im Bauch und mit dem Tier Heimweh im Herzen. Aber es gibt kein Tal für eine Flucht. Immer trifft man sich. Überall. Man kann sich nicht entgehen.

Manchmal traf er sich selbst. Aber dann türmte er wieder. Unter Fenstern pfeifend vorbei und an Türen hustend entlang. Und manchmal, dann hielt ihn ein Herz für die Nacht, eine Hand. Oder ein Hemd, das verrutscht war von einer Schulter, von einer Brust, von einem Mädchen. Manchmal, dann hielt ihn eine für eine Nacht. Und dann vergaß er zwischen den Küssen den andern, der er selbst war, wenn eine ganz für ihn war. Und lachte. Und litt. Es war gut, wenn man eine bei sich hatte, eine mit langen Haaren und heller Wäsche. Oder Wäsche, die mal hell war und mit Blumen drauf. Und wenn sie noch ein Stück Lippenstift hatte, dann war das gut. Dann war doch was bunt. Und im Finstern war es besser, wenn man eine bei sich hatte, dann war das Finstersein nicht so groß. Und dann war das Finstersein auch nicht so kalt. Und das Stück Lippenstift malte dann einen kleinen Ofen aus ihrem Mund. Der brannte dann. Das war gut im Finstersein. Und die Wäsche, die sah man eben nicht. Aber man hatte doch einen bei sich.

Eine hat er gekannt, deren Haut war im Sommer wie Hagebutten. Bronzen. Und ihr Haar hatte sie von Zigeunern, mehr blau als schwarz. Und es war wie Wald: wirr. Auf ihrem Arm waren wie Kükenfedern helle Härchen und ihre Stimme war anzüglich wie von Hafenmädchen. Dabei wußte sie von nichts. Und hieß Karin.

Und die andere hieß Ali und ihr butterblondes Haar war hell wie Seesand. Beim Lachen machte sie die Nase sehr kraus und sie biß. Aber dann kam einer, der war ihr Mann.

Und vor einer Tür stand immer kleiner werdend ein Mann, grau und mager, und sagte: Ist gut, mein Junge. Später wußte er: Das war mein Vater.

Und die mit den Beinen, die wie Trommelstöcker unruhig waren, hieß Carola, rehbeinig, nervös. Und ihre Augen machten verrückt. Und ihre Zähne standen vorne leicht auseinander. Die kannte er.

Und der alte Mann sagte nachts manchmal: Ist gut, mein Junge.

Eine war breit in den Hüften, bei der war er. Sie roch nach Milch. Ihr Name war brav – aber er hat ihn vergessen. Vorbei. Morgens sangen manchmal die Goldammern erstaunt – aber seine Mutter war weit weg und der graue magere Mann sagte nichts. Denn keiner kam vorbei.

Und die Beine gingen unter ihm ganz von selbst: vorbei vorbei.

Und die Goldammern wußten schon morgens: vorbei vorbei.

Und die Telegrafendrähte summten: vorbei vorbei. Und der alte Mann sagte nichts mehr: vorbei vorbei.

Und die Mädchen hielten abends die Hände auf die sehnsüchtige Haut: vorbei vorbei.

Und die Beine gingen von ganz alleine: vorbei vorbei.

Einmal hatte man einen Bruder. Mit dem war man Freund. Aber dann surrte sich summend wie ein gehässiges Insekt ein Stück Metall durch die Luft auf ihn zu. Es war Krieg. Und das Stück Metall klitschte wie ein Regentropfen auf die menschliche Haut: Da blühte das Blut wie Klatschmohn im Schnee. Der Himmel war aus Lapislazuli, aber den Schrei nahm er nicht an. Und der letzte Schrei, den er schrie, hieß nicht Vaterland. Der hieß nicht Mutter und nicht Gott. Der letzte geschriene Schrei war sauer und scharf und hieß: Essig. Und war nur leise geflucht: Essig. Und der zog ihm den Mund zu. Für immer. Vorbei.

Und der magere graue Mann, der sein Vater war, sagte nie mehr: Ist gut, mein Junge. Nie mehr. Das war nun alles alles vorbei.

Die Stadt

Ein Nächtlicher ging auf den Schienen. Die lagen im Mond und waren schön blank wie Silber. Nur kalt, dachte der Nächtliche, kalt sind sie. Links weit ab ein vereinsamtes Geglüh, ein Gehöft. Und dabei ein rauhgebellter Hund. Das Geglüh und der Hund machten die Nacht zur Nacht. Dann war der Nächtliche wieder allein. Nur der Wind machte seine langatmigen U-Töne an den Ohren vorbei. Und auf den Schienen tupfige Flecken: Wolken überm Mond.

Da kam der Mann mit der Lampe. Die schaukelte, als sie zwischen die beiden Gesichter gehoben wurde.

Der Mann mit der Lampe sagte: Na, Junge, wohin denn?

Und der Nächtliche zeigte mit dem Arm auf das Helle hinten am Himmel.

Hamburg? fragte der mit der Lampe.

Ja, Hamburg, antwortete der Nächtliche.

Dann polterten unter ihren Schritten leise die Steine. Stießen sich klickernd. Und der Draht an der Lampe quietschte hin und her, hin und her. Vor ihnen lagen die Schienen im Mond. Und die Schienen liefen silbern auf das Helle zu. Und das Helle am Himmel in dieser Nacht, das Helle war Hamburg.

So ist das aber nicht, sagte der mit der Lampe, so ist das nicht mit der Stadt. Das ist hell da, o ja, aber unter den hellen Laternen gehn auch nur welche, die Hunger haben. Das sag ich dir, du.

Hamburg! lachte der Nächtliche, dann ist das andere gleich. Da muß man doch wieder hin, immer wieder hin, wenn man daher gekommen ist. Man muß wieder hin. Und dann, das sagte er, als ob er sich viel dabei dächte, das ist das Leben! Das einzige Leben!

Die Lampe quietschte hin und her, hin und her. Und der Wind uhte molltönig an den Ohren vorbei. Die Schienen lagen mondgeglänzt und kalt.

Dann sagte der mit der pendelnden Lampe: Das Leben! Mein Gott, was ist das: Sich an Gerüche erinnern, nach Türdrückern fassen. Man geht an Gesichtern vorbei und fühlt nachts den Regen im Haar. Das ist dann schon viel.

Da weinte hinter ihnen eine Lokomotive wie ein riesiges Kind voll Heimweh auf. Und sie machte die Nacht zur Nacht. Dann polterte ein Güterzug hart an den Männern vorbei. Und er grollte wie Gefahr durch die sternbestickte seidige Nacht. Die Männer atmeten mutig dagegen. Und die runden rotierenden Räder rollten ratternd unter rostroten roten Waggons. Rasten rastlos rumpelnd davon – davon – davon. Und viel ferner noch leise: davon – davon –

Da sagte der Nächtliche: Nein, das Leben ist mehr, als im Regen laufen und nach Türdrückern fassen. Das ist mehr, als an Gesichtern vorbeigehen und Gerüche erinnern. Das Leben ist: Angst haben. Und Freude haben. Angst haben, daß man unter den Zug kommt. Und Freude, daß man nicht unter den Zug gekommen ist. Freude, daß man weitergehen kann.

Dann lag an den Schienen ein schmales Haus. Der Mann machte die Lampe kleiner und gab dem Jungen die Hand: Also, Hamburg!

Ja, Hamburg, sagte der und ging.

Die Schienen lagen schön blank im Mond.

Und hinten am Himmel ein heller Fleck: Die Stadt.

Stadt, Stadt: Mutter zwischen Himmel und Erde

Hamburg

Hamburg!

Das ist mehr als ein Haufen Steine, Dächer, Fenster, Tapeten, Betten, Straßen, Brücken und Laternen. Das ist mehr als Fabrikschornsteine und Autogehupe – mehr als Möwengelächter, Straßenbahnschrei und das Donnern der Eisenbahnen – das ist mehr als Schiffssirenen, kreischende Kräne, Flüche und Tanzmusik – oh, das ist unendlich viel mehr. Das ist unser Wille, zu sein. Nicht irgendwo und irgendwie zu sein, sondern hier und nur hier zwischen Alsterbach und Elbestrom zu sein – und nur zu sein, wie wir sind, wir in Hamburg. Das geben wir zu, ohne uns zu schämen: Daß uns die Seewinde und die Stromnebel betört und behext haben, zu bleiben – hierzubleiben, hier zu bleiben! Daß uns der Alsterteich verführt hat, unsere Häuser reich und ringsherum zu bauen – und daß uns der Strom, der breite graue Strom verführt hat, unserer Sehnsucht nach den Meeren nachzusegeln, auszufahren, wegzuwandern, fortzuwehen – zu segeln, um wiederzukehren, wiederzukehren, krank und klein vor Heimweh nach unserm kleinen blauen Teich inmitten der grünhelmigen Türme und grauroten Dächer.

Hamburg, Stadt: Steinwald aus Türmen, Laternen und sechsstöckigen Häusern; Steinwald, dessen Pflastersteine einen Waldboden mit singendem Rhythmus hinzaubern, auf dem du selbst noch die Schritte der Gestorbenen hörst, nachts manchmal.

Stadt: Urtier, raufend und schnaufend, Urtier aus Höfen, Glas und Seufzern, Tränen, Parks und Lustschreien – Urtier mit blinkenden

Augen im Sonnenlicht: silbrigen, öligen Fleeten! Urtier mit schimmernden Augen im Mondlicht: zittrigen, glimmernden Lampen!

Stadt: Heimat, Himmel, Heimkehr – Geliebte zwischen Himmel und Hölle, zwischen Meer und Meer; Mutter zwischen Wiesen und Watt, zwischen Teich und Strom; Engel zwischen Wachen und Schlaf, zwischen Nebel und Wind: Hamburg!

Und deswegen sind wir den Anderen verwandt, denen, die in Haarlem, Marseille, Frisco und Bombay, Liverpool und Kapstadt sind – und die Haarlem, Marseille, Frisco und Kapstadt so lieben, wie wir unsere Straßen lieben, unsern Strom und den Hafen, unsere Möwen, den Nebel, die Nächte und unsere Frauen. Ach, unsere Frauen, denen die Möwenflügel die Locken durcheinandertoben – oder war es der Wind? Nein, der Wind ist es, der den Frauen keine Ruhe gibt – an den Röcken nicht und an den Locken nicht. Dieser Wind, der den Matrosen auf See und im Hafen ihre Abenteuer ablauert und dann unsere Frauen verführt mit seinem Singsang von Ferne, Heimweh, Ausfahrt und Tränen – Heimkehr und sanften, süßen, stürmischen Umarmungen. Unsere Frauen in Hamburg, in Haarlem, Marseille, Frisco und Bombay, in Liverpool und Kapstadt – und in Hamburg, in Hamburg! Wir kennen sie so und lieben sie so, wenn der Wind uns ihre Knie mit einem frechen Pfiff für zwei Sekunden verschenkt, wenn er uns eine unerwartete Zärtlichkeit spendiert und uns eine weiche Locke gegen die Nase weht: Lieber herrlicher Hamburger Wind!

Hamburg!

Das ist mehr als ein Haufen Steine, unaussprechlich viel mehr! Das sind die erdbeerüberladenen, apfelblühenden Wiesen an den Ufern des Elbestromes – das sind die blumenüberladenen, backfischblühenden Gärten der Villen an den Ufern des Alsterteiches. Das sind weiße, gelbe, sandfarbene und hellgrüne flache Lotsenhäuser und Kapitänsnester an den Hügeln von Blankenese. Aber das sind auch die schmutzigen schlampigen lärmenden Viertel der Fabriken und Werften mit Schmierfettgestank, Teergeruch und Fischdunst und Schweißatem. Oh – das ist die nächtliche Süße der Parks an der Alster und in den Vorstädten, wo die Hamburger, die echten Hamburger, die nie vor die Hunde gehen und immer richtigen Kurs haben, in den seligen sehnsüchtigen Nächten der Liebe gemacht werden. Und die ganz großen Glückskinder werden auf einem kissenduftenden, fröscheumquakten Boot auf der mondenen Alster in dieses unsterbliche Leben hineingeschaukelt!

Hamburg!

Das sind die tropischen tollen Bäume, Büsche und Blumen des Mammutfriedhofes, dieses vögeldurchjubelten gepflegtesten Urwaldes der Welt, in dem die Toten ihren Tod verträumen und ihren ganzen Tod hindurch von den Möwen, den Mädchen, Masten und Mauern, den Maiabenden und Meerwinden phantasieren. Das ist kein karger militärischer Bauernfriedhof, wo die Toten (in Reih und Glied und in Ligusterhecken gezwungen, mit Primeln und Rosenstöcken wie mit Orden besteckt) auf die Lebenden aufpassen und teilnehmen müssen an dem Schweiß und dem Schrei der

Arbeitenden und Gebärenden – ach, die können ihren Tod nicht genießen! Aber in Ohlsdorf – da schwatzen die Toten, die unsterblichen Toten, vom unsterblichen Leben! Denn die Toten vergessen das Leben nicht – und sie können die Stadt, ihre Stadt, nicht vergessen!

Hamburg!

Das sind diese ergrauten, unentbehrlichen, unvermeidlichen Unendlichkeiten der untröstlichen Straßen, in denen wir alle geboren sind und in denen wir alle eines Tages sterben müssen – und das ist doch unheimlich viel mehr als nur ein Haufen Steine! Gehe hindurch und blähe deine Nasenlöcher wie Pferdenüstern: Das ist der Geruch des Lebens! Windeln, Kohl, Plüschsofa, Zwiebeln, Benzin, Mädchenträume, Tischlerleim, Kornkaffee, Katzen, Geranien, Schnaps, Autogummi, Lippenstift – Blut und Schweiß – Geruch der Stadt, Atem des Lebens: Mehr, mehr als ein Haufen Steine! Das ist Tod und Leben, Arbeit, Schlaf, Wind und Liebe, Tränen und Nebel! Das ist unser Wille, zu sein: Hamburg!

Billbrook

Der kanadische Fliegerfeldwebel, der am späten Abend in Hamburg ankam, setzte seinen schweren Koffer in der Bahnhofshalle auf die Steinfliesen. Er blies die Backen auf und pustete. Er blies einen langen Puster vor sich hin, aber man konnte nicht unterscheiden, ob er es tat, weil die Luft so schlecht war oder weil ihn schwitzte. Die linke und die rechte Hand verschwanden in den Hosentaschen und erschienen mit Feuerzeug und Zigarettenschachtel wieder aus der Versenkung im Tageslicht. Nein, nicht im Tageslicht. Im Lampenlicht. Im trüben dunstigen blinden feuchten Lampenlicht des nächtlichen Bahnhofes. Dann knabberte er sich mit den Zähnen eine Zigarette aus der Papierhülle und ließ sein Feuerzeug Klick machen. Das Feuerzeug machte sein einstudiertes kleines Klick und die dünne gelbe weiche Zunge der Flamme verbrannte den dunkelroten schmalen Schnurrbart des Feldwebels. Sie verbrannte den Schnurrbart nicht schlimm. Aber ihm stieg doch ein unverkennbarer Brandgeruch in die Nase. Als ob Gummi angebrannt wäre. Gummi? dachte er. Er kam nicht darauf, daß versengte Haare ähnlich riechen. Aber auch das „Gummi" dachte er nur so nebenbei. Die Zigarette blieb ungeraucht. Sie lag weiß, merkwürdig neu und sauber auf dem dunklen Boden. Sie war ihm aus dem Mund gefallen. Seine Lippen standen etwas offen. Und er vergaß, das Feuerzeug wieder zuklicken zu lassen. Die kleine Flamme kroch vergessen und verschmäht in den Docht zurück. Er vergaß auch, an Hand seines Taschenspiegels die Verheerungen seines Bartes zu untersuchen. Er vergaß tatsächlich seinen versengten verheerten roten schmalen Schnurrbart und das wäre ihm selbst äußerst erstaunlich vorgekommen, wenn er sich beobachtet hätte. Denn auf seinen Bart, der so verrostet rot und doch so vornehm war mit seiner Schmalheit, auf diesen vornehmen verrosteten Bart hielt er viel. Alles, eigentlich. Und jetzt war er bestimmt verdorben und er nahm nicht einmal den Spiegel aus der Tasche, um sich das anzusehen. Statt dessen ließ er Lippen und

Feuerzeug weit offen stehen und eine weiße neue Zigarette auf der Erde liegen. Statt dessen vergaß er Lippen, Feuerzeug, Zigarette. Vergaß Koffer, Kanada, Bart und Brandgeruch. Vergaß und machte den Mund auf. Und sah unentwegt auf ein großes Emailleschild mit vielen unverständlichen schwarzbuchstabigen Worten. Sah unentwegt auf das eine Wort mit den neun schwarzgelackten Buchstaben. Denn dieses Wort, diese neun Buchstaben, dieses neunbuchstabige schwarzlackige Wort war sein Name. Er machte die Augen ganz klein und riß sie plötzlich wieder weit auf. Sein Name blieb. Neun schwarze Buchstaben, lackblank, auf einem großen weißen Emailleschild mit vielen anderen unverständlichen schwarzbuchstabigen Worten. Er sah auf das Schild. Mein Name, dachte er. Ganz klar, ganz offensichtlich. Und in Lack und Emaille. Verrückt, dachte er, verrückt. In Lack und Emaille. Irrsinnig! Blödsinnig! Wahnsinnig! Er war in seinem sechsundzwanzigjährigen Leben zum ersten Male in Hamburg. Er war zum ersten Male in diesem Bahnhof, in dieser Bahnhofshalle, unter dieser blinden Bahnhofslampe, auf diesen stumpfen Bahnhofsfliesen. Und nun stand da, eben hier, wo er zum ersten Male war, sein Name. In Lack und Emaille. Ja, sein Name stand da plötzlich. Das heißt, nicht plötzlich, denn er mußte wohl schon länger so da stehen. Nur für ihn sehr plötzlich. Für ihn sehr plötzlich in schwarz und auf weiß, in Lack und Emaille. Schwarzbuchstabig auf einem weißen Schild stand er da, der Name, der sein Name war, so einfach: Billbrook. Stand da. Stand da unverkennbar. Und das war doch immerhin sein Name. Mitten in einem fremden Land, gelackt und emailliert: Billbrook. Man konnte es gut erkennen und ganz deutlich lesen. Als er sich eine neue Zigarette mit den Zähnen aus der Packung knabbern wollte, sah er, daß seine Hand zitterte. Er grinste. Ja, jetzt grinste er. Eben hatte er sich noch erschrocken.

Als er in seinem Hotelzimmer ankam, war er immer noch aufgeregt. Nachdem er seine beiden Zimmerkameraden laut und mit Hallo begrüßt und kennengelernt hatte, erzählte er ihnen sofort von seinem Abenteuer. Abenteuer nannte er es. So sehr hatte er es erlebt, daß es für ihn ein Abenteuer war. Er sagte ihnen seinen Namen, überlangsam und überdeutlich, und dann mußten sie „mal ganz genau aufpassen". Dieser Name, der sein Name war, sein Name, den er von Amerika, von Kanada, von Hopedale mitgebracht hatte, dieser sein eigener Name stand groß und sehr leserlich in Emaille auf dem Bahnhof zu lesen. Hier auf dem Bahnhof in Hamburg. Und dann beeidete er seinen beiden Zuhörern mehrfach, daß es sich auf keinen Fall um eine Gedenktafel handeln könne. Nein, nein. Das nicht. Er habe noch niemals zwei Zeilen miteinander gereimt, er hätte auch kein Mittel gegen Augenränder oder ein billiges Öl erfunden. Er hätte auch keine Boxmeisterschaft gewonnen. Auch steckbrieflich werde er nicht gesucht, wirklich nicht. Und in Hamburg sei er heute abend zum ersten Male. Wirklich, zum ersten Male.

Als er so weit in seiner aufgeregten Erklärung gekommen war, brüllten seine beiden Kameraden los. Gewaltig brüllten sie. Gehässig, schadenfroh, blechtönig lachte der kleine Schwarze am Fenster. Und vital, vulgär, humorig röhrte der misthaufenblonde Athlet und schlug mit den Fäusten auf den Tisch. Und zwischen

Gebrüll und Geknuff brachten sie ihm bei, daß Billbrook ein Stadtteil sei, ein Stadtteil von Hamburg. Ja, doch: ein Stadtteil von Hamburg hieß eben Billbrook. Sie waren immerhin schon ein Jahr in Hamburg. Und als so steinalte Hamburger, die doch fast schon zu den Ureingeborenen gehörten, mußten sie das schließlich wissen. Und Bill Brook, der Fliegerfeldwebel aus Hopedale, mußte ihnen glauben. Er mußte ihnen glauben, trotz des Gebrülls glauben, weil sie ihm nun einen Stadtplan über den Tisch zu und unter die Nase schoben, auf dem sie ihm mit dicken groben Blaustiftstrichen den Teil Hamburgs ankreuzten und umzingelten, der Billbrook hieß. Ja, und als er das nun sah und begriff, da war er beinahe etwas stolz. Ohne Berechtigung natürlich. Aber daran dachte er nicht. Er gönnte sich einen kleinen heimlichen Stolz auf seinen Namen. Und das konnte er sich selbst nicht einmal übelnehmen. Immerhin kam es doch nicht jeden beliebigen Tag in der Woche vor, daß man von Hopedale her über das große Wasser kam und hier in Hamburg seinen Namen großartig und schwarzblank auf weißer Emaille vorfand. Doch, einen ganz kleinen Stolz darüber gönnte er sich und eine großzügige gute Stimmung. Die kam ganz unerwartet, als er merkte, daß er seinen Schreck über den Stolz völlig vergessen hatte. Er sah sich in Hopedale in der Küche stehen und seiner Mutter das Haar zerzausen vor Übermut und Gelächter. Er hörte das Gelächter im ganzen Haus in Hopedale und bis in den Hafen von Hopedale, wenn er das hier, das von dem Stadtteil, der Billbrook hieß, erzählen würde. Das Gelächter und Gestaune und Gezause. Er, würde seinen Kühen mit den Faust die Rippen klopfen und sie auffordern, ruhig ein wenig stolzer zu sein. Oh, das würde er tun. Und darüber, daß er das tun würde, konnte er diesen Abend noch lange nicht einschlafen.

Stimmung und Stolz dauerten an bis in den nächsten Tag. Vormittags wunderte der Feldwebel sich darüber. Nachmittags versuchte er dann, sich heimlich den Stadtplan in die Tasche zu stecken. Aber der mit dem blechtönigen Lachen ertappte ihn. Und er klirrte wie eine Konservendose im Wind: „Du willst wohl einen Ausflug machen, was? Bill Brook macht Picknick in Billbrook. Geh hin, mein Lieber, vielleicht machen sie dich zum Ehrenbürger. Oder wolltest du nicht hin? Nicht zu deinem Stadtteil? Wie? Paß auf, sie werden dich zum Bürgermeister machen. Herr Bill Brook von Billbrook. Viel Vergnügen, mein Lieber, im Ernst viel Vergnügen!" Und er klöterte sein schadenfrohes Konservendosenlachen so unverschämt laut durch das Zimmer, daß das georgelte gedröhnte Gelache seines blonden Kameraden bescheiden am Boden vergurgelte. Bill Brook grinste die beiden an. Er strich sich mit dem Mittelfinger über den schmalen verrosteten Schnurrbart, wischte sich dann eine gelachte Träne aus den kurzen Bürstenwimpern und sagte: „Na, dann bis heute abend. Will mal einen kleinen Gang in meinen Stadtteil machen. Bis nachher also." Dann trat er mit seiner großartigen Laune und mit seinem Stolz vor die Tür.

Einen Augenblick lang freute er sich über den See, der mitten in dieser verrückten Stadt lag, in der es Stadtteile gab, die so hießen wie anständige Leute aus Hopedale in Kanada. Die so hießen wie er. Das war schon eine Stadt, mit einem so feinen See mitten im Bauch, die sowas fertigbrachte. Er schnupperte. Oh, es roch nach Wasser.

Salzwasser, schmeckte er. Allerhand, diese Stadt, dachte er und drehte sich um. Er sah nach der wolkigen Sonne, nach der grauen Hamburger Sonne. Dann ging er los. Das ist meine Richtung, sagte er, Ost-Süd-Ost. Und er machte frohe feste Schritte.

Der Nachmittag war warm und goldgrau. Die grauen Hamburger Wolken hingen am Himmel. Bill Brook marschierte mit der goldgrauen Sonne im Rücken und mit guter großartiger Laune nach Südosten. Nach einer Stunde nahm er seine Karte aus der Tasche. Er verglich den bisher zurückgelegten Weg mit dem, der noch vor ihm lag. Zwei Stunden würde er noch gehen müssen. Er hatte sich getäuscht. Man kam in einer fremden Stadt nicht so schnell vorwärts, wie man wollte. Der Stadtplan verschwand in der Tasche und er sah wieder nach Südosten. Er atmete das gute Goldgrau eines Hamburger Sommertages.

Aber dann merkte er, daß sein Stolz abtrudelte wie ein abgeschossenes Flugzeug. Nicht plötzlich. Langsam abtrudelte. In großen Kurven. Und seine großartige Stimmung fing an abzubröckeln wie ein eingetrockneter Kuchen. Er blinzelte zurück in die Sonne. Sie war so goldgrau wie vorher. Er überlegte. Ich bin müde, dachte er. Er nahm eine Zigarette. Natürlich, dachte er, müde bin ich. Das ist alles. Und außerdem ist es ungewohnt für mich, so lange zu Fuß zu gehen. Wann bin ich denn zuletzt eine Stunde zu Fuß gegangen? Zu Hause vielleicht. Ja, höchstens zu Hause. Vor ein paar Jahren. Er schoß den Rest seiner Zigarette wie einen glühenden kleinen Fußball mit der Schuhspitze über das Pflaster.

Aber daß er müde war, das war es nicht. Nein, das nicht. Aber das war es: Bis vor kurzem war er durch Straßen gekommen, in denen Menschen wohnten. Hin und wieder hatte mal eine Hausecke gefehlt, war ein Block ausgebrannt oder zusammengestürzt, war ein Vorgarten umgepflügt, ein Balkon verrückt, ein Dach abgedeckt. Aber die Straßen in diesem Teil der Stadt sahen noch wie Straßen aus, ein bißchen ramponiert, ein wenig wackelig und zerklirrt, aber es waren doch Straßen und es wohnten Menschen links und rechts. Es bellten Hunde in den Straßen zwischen den Bäumen. Es schrien Kinder in den Torwegen und Treppenhäusern, auf Vorplätzen und Hinterhöfen, Kinder, die juchten und schluchzten. Frauen klopften Teppiche in den Straßen, riefen aus den Fenstern, Kutscher schimpften und Mülleimer stanken in diesen Straßen. Mädchen kicherten und Jünglinge pfiffen in diesen Straßen, durch die Bill Brook, der kanadische Fliegerfeldwebel aus Hopedale am Atlantischen Ozean, gekommen war. Links und rechts wohnten Menschen in diesen Straßen, sangen Mädchen beim Fensterputzen, rollten Kanarienvögel lange Roller auf i und ü, es klingelten Radfahrer und Milchflaschen in diesen Straßen, Autos bremsten, keuchten, hupten und in einem Haus zerhackte jemand Mozart auf dem Klavier und man hörte bis auf die Straße, wie eine spitze Altfrauenstimme zählte und mit einem harten Gegenstand den Takt dazu schlug. Bisher hatten Menschen in den Straßen links und rechts gewohnt und die Straßen waren noch richtige Straßen gewesen. Richtige Straßen, wie es sie in Hopedale auch gab. Oder in Ottawa. Oder in Quebec. Aber seit einer halben Stunde war es immer stiller geworden. Immer weniger Menschen wohnten links und rechts in den Häusern und es standen immer weniger Häuser links und rechts von der Straße. Die Kinder, die Hunde und die Autos wurden seltener, immer seltener. Nur der zerhackte Mozart wehte noch zum Hohn durch diese plötzliche Stille. Das Leben wurde immer weniger, seltener, leiser. Dann blieb es ganz weg, kam kaum angedeutet für ein paar hundert Meter wieder, blieb dann doppelt so lange aus, kleckerte sich noch mal mit ein paar Häusern einige Schritte neben der Straße entlang, seltener, weniger. Immer leiser, leiser. Immer leiser wurde das Leben.

Er stand an einer großen Kreuzung. Er sah zurück: Kein Kind? Kein Hund? Kein Auto? Er sah nach links: Kein Kind. Kein Hund. Kein Auto. Er sah nach rechts und nach vorn: Kein Kind und kein Hund und kein Auto! Er sah die vier endlosen Straßenzüge entlang: Kein Haus. Kein Haus! Nicht einmal ein Häuschen. Nicht einmal eine Hütte. Nicht einmal eine vereinsamte, stehengebliebene, zittrige, wankende Wand. Nur die Schornsteine stachen wie Leichenfinger in den Spätnachmittagshimmel. Wie Knochen eines riesigen Skelettes. Wie Grabsteine. Leichenfinger, die nach Gott griffen, die dem Himmel drohten. Kahle, magere, gekrümmte angegangene Leichenfinger. Welche der vier Richtungen er entlang sah, und er hatte das Gefühl, er könne in jeder Richtung der Straßenkreuzung kilometerweit sehen: Kein Lebendiges. Nichts. Nichts Lebendiges. Milliarden Steinbrocken, Milliarden Steinstücke, Milliarden Steinkrümel. Gedankenlos vom gnadenlosen Krieg zerkrümelte Stadt. Milliarden Krümel und einige hundert Leichenfinger. Aber sonst kein Haus, keine Frau, kein Baum. Totes nur. Zerstörtes, Zerfallenes, Zerborstenes, Zerwühltes,

Zerkrümeltes. Totes nur. Totes. Kilometerweit, kilometerbreit Totes. Er stand in einer toten Stadt und er schmeckte es fade und übel auf der Zunge. Er war nicht mehr stolz. Seine großartige Stimmung war hinten, oh ganz hinten, bei den letzten Kindern, bei dem letzten Hund und bei den letzten Autos liegengeblieben. Auch die Luft ist hier gestorben, dachte er. Er fühlte die Leichenfinger um seine Brust geklammert. Es war so still und er wagte nicht zu atmen.

Er nahm seinen Stadtplan, er hielt ihn fest in der Hand und es war ihm, als hielte er sich daran fest. Er sah nach der Sonne, die schon ganz flach und goldstaubig im Dunst der fernen Stadt lag. Er sah ganz dünn die Türme der Kirchen. Sie sind nicht wahr, sie sind gelogen, dachte er. So nah waren die Leichenfinger, so eng umstanden sie ihn. Nur die Leichenfinger sind wahr, und die Krümel. Die sind nicht gelogen.

Er nahm sich vor, die Stunde, die er noch nach hatte, doppelt schnell zu gehen. Er ging mitten auf der Straße. Das heißt, er mußte nun mitten auf der Straße gehen, denn die zusammengefallenen, auseinandergerissenen Häuser waren oft weit nach vorn gestürzt und ließen von der breiten Straße nur einen kleinen Strich, schmal und unregelmäßig wie ein Wildwechsel, als Fußpfad übrig. Er sah stur vor sich auf die Erde. Aber er fand seinen verlorenen voreiligen Stolz und seine übermütige Laune nicht wieder. Verloren, zerkrümelt, tot.

Auf einmal sah er, daß es doch etwas Lebendiges in dieser toten hauslosen lärmlosen leichenfingerigen Stadt gab: Gras. Grünes Gras. Gras wie in Hopedale. Normales Gras. Millionenhalmig. Belanglos.

Dürftig. Aber grün. Aber lebendig. Lebendig wie das Haar der Toten. Grauenhaft lebendig. Gras wie überall in der Welt. Manchmal etwas übergraut, übertaut, überkrümelt, staubig. Aber doch grün und lebendig. Überall lebendiges Gras. Er grinste. Aber das Grinsen gefror, weil sein Gehirn ein Wort, ein einziges Wort, dachte. Das Grinsen wurde grau und staubig wie das Gras an einigen Stellen. Aber eisig übertaut. Friedhofsgras, dachte das Gehirn. Gras? Gut, Gras, ja. Aber Friedhofsgras. Gras auf Gräbern. Ruinengras. Grausames gräßliches gnädiges graues Gras. Friedhofsgras, unvergeßliches, vergangenheitsvolles, erinnerungssattes, ewiges Gras auf Gräbern. Unvergeßlich, schäbig, ärmlich: Unvergeßlicher gigantischer Grasteppich über den Gräbern der Welt.

Gras. Aber sonst begegnete er niemandem. Oder doch. Ein Laternenpfahl begegnete ihm, eine Telefonzelle und eine Anschlagsäule. Die traf er. Und der traurige krumme verbogene Laternenpfahl kam auf ihn zu und kicherte tränenerstickt: Ich kann nicht mehr leuchten. Ich bin kaputt. Ich bin liquidiert. Ruiniert. Total ruiniert. Ich mache kein Licht mehr. Ich scheine nicht mehr. Ich habe den Sinn meines Lebens verloren: Ich leuchte nicht mehr. Und an einer Ecke erwartete ihn eine traurige durchlöcherte durchsiebte Telefonzelle und wisperte tränenerstickt: Mir hat man die Eingeweide zerrissen und das Gehirn geklaut. Auch mein schönes neues rotes Buch mit den vielen Nummern und Namen. Alles futsch. Jetzt telefoniert kein Schwein mehr in mir. Nur dieses ordinäre Gras macht es sich in mir bequem. Und dann winkte ihm eine schiefe schwatzhafte Anschlagsäule zu und flüsterte mit dicker dummer Stimme tränenerstickt: Ist es nicht schändlich, hören Sie? Kein einziges Plakat hat man. Wie? Keinen Aufruf, keine Kinoreklame, keinen Befehl. Kein Plakat. Nix. Schändlich, nicht wahr? Außerdem stehe ich vollkommen schief und nackt da. Das kommt übrigens alles von den Bomben, wissen Sie, das Schiefstehen. Und das andere. Alles von den Bomben. Diese Bomben wirkten ja tatsächlich eklatant. Entsetzlich, schändlich eklatant.

Und alle, Laterne, Telefonzelle und Litfaßsäule, alle gleich traurig und in ihren Tränen erstickt. Und Bill Brook, der Kanadier, der Flieger, der Farmer aus Labrador, wie sie: Traurig. Und er fühlte sich wie sie: Krumm, durchsiebt, schief. Und er machte seine Schritte noch ein paar Zentimeter größer. Die Sonne hinter ihm wurde müde und sah nur noch mit einer Hälfte über die Silhouette der Stadt hinweg. Bill Brook, der Feldwebel, der so stolz und gut gelaunt losgezogen war, machte nun Riesenschritte. Und die verwehten ohne Widerhall in der flachen toten Stadt ohne Trost, die keine Stadt mehr war, die nur noch Wüste war, Ebene, Öde, Feld, Steinacker: Friedhof ohne Friede mit graugrünem Gras und einigen hundert erstaunt stehengebliebenen Schornsteinen als mageren, düster drohenden Leichenfingern.

Er fühlte sich unbehaglich, Bill Brook, und er war froh, als er plötzlich auf einer leicht geknickten geländerlosen Brücke vor einem kleinen hellen grünsilbernen schlickschwarzen Kanal stand. Er vergaß froh die Wüste, die im kilometerweiten Kreis ihn umkreiste. Er war ganz glücklich auf einmal und er hätte beinahe in die Hände geklatscht wie vor einem Geburtstagstisch, der sechsundzwanzigjährige Mann, als er am Kanalufer ein paar kleine bunte lebendige Gärten, Wäscheleinen und Rauchfähnchen sah. Junge auch! knirschte er zwischen seinen breiten weißen Zähnen. Denn da schrien Kinder, eine Frau sang, einige Männer schimpften auf die Spielkarten, eine Gießkanne zischte, ein Dackel hustet. Junge auch, und die Unterhosen, die Strümpfe, die hellblauen, blaßroten Büstenhalter auf der Wäscheleine wedelten und ruderten und winkten aufgeregt: He, Herr Feldwebel, kommen Sie getrost näher. Sie können ruhig mal rüberkommen, Herr Feldwebel, wirklich, genieren Sie sich nicht. Kommen Sie nur.

Und Bill Brook, der Mann aus Labrador, schlug erleichtert mit beiden Fäusten auf das Stück Brückengeländer, das aus Versehen stehengeblieben war. Und er dachte glücklich: Sieh mal an! Diese kleinen süßen Bretterbuden! Wie kleine appetitliche Paläste! Und aus den Fenstern und Dächern kommen diese allerliebsten herrlichen gebogenen verdrehten Ofenrohre. Und aus diesen prächtigen pechschwarzen Rüsseln von Ofenrohren kommt so ein ganz blauer beweglicher krauser Rauch. Holzrauch, Pappenrauch, Rauch von gestohlenen Planken und Zäunen. Richtiger lebendiger lebenskräftiger unschuldig himmelblauer kräuslicher Rauch! Einen Moment, du verwegener alter Rauch, Moment, du alter hustender Dackel, Moment, ihr bildschönen Büstenhalter, einen Moment: Ich komme! Ich komme mal eben runter zu euch, wenn es recht ist.

Der Kanadier ließ das Brückengeländer los, flankte über eine flache Steinschuttmauer und rutschte bis zu einem kleinen gelben Sandweg die Böschung hinunter. Dieser kleine gelbe Sandweg ringelte sich auf die paar Gartenhäuschen zu und da standen schon zwei Frauen und rieben mit den Händen an ihren Schürzen und sahen dem Fremdling gierig, neugierig, menschgierig, abwechslungsgierig entgegen. Und da hörte schon eine Gießkanne mitten im Zischen auf und ein Mädchen leckte erwartungsvoll mit ihrer Zunge ihre Nasenspitze ab. Aber die beiden Frauen und die Gießkanne und das Mädchen wurden enttäuscht. Der Fremde, dieses Neue, das Ereignis, kam nicht ganz hin bis zu ihnen. Sie machten lange Hälse, Frauen, Gießkanne und Mädchen, aber er kam nicht näher.

Der Fremde blieb vorher stehen. Er blieb stehen, weil vor ihm, neben dem kleinen gelben Sandweg auf der Kaimauer zwei Männer und eine Katze saßen und angelten. Die Männer angelten mit Stöcken und Schnüren und Würmern. Die Katze mit den Augen. Und da blieb der Fremde stehen. Und die Frauen und die Gießkanne und das Mädchen gingen wieder an die Arbeit, als sie das sahen.

Die beiden Männer saßen auf der Kaimauer und ließen drei Beine übers Wasser hängen. Drei Beine? Drei Beine. Der eine war alt und grau und abgenutzt und schlau und vergnügt. Der andere war ganz jung, gerade angefangen, verdorben, zerpflückt, zerstört und ganz jung. Und er hatte nur ein Bein, das er über die Kaimauer hängen lassen konnte. Und dann war da noch die Katze, und die tat völlig uninteressiert und weltabgewandt. Aber Bill Brook sah, daß sie ein ganz fischlüsternes Gesicht hatte. Solche Gesichter machten die Katzen in Hopedale auch, genauso. Bill Brook lachte und dann grüßte er die beiden Männer (und die Katze eigentlich auch mit), als er bei ihnen stehenblieb. Sie sahen auf. Und sie sahen ihn an, als wenn er und sein Gruß zehn Kilometer weit weg wären. Dann nickte der ältere und man konnte erkennen, daß er früher, vorher, sicher vergnügt sein konnte. Er nickte. Der Junge, der nur das eine Bein behalten hatte zum Hängenlassen, der nickte nicht. Aber er sah ihn noch einmal an und stellte ihn dann noch hundert Kilometer weiter weg. Er stellte ihn mit diesem einen Blick nach Kanada zurück und in diesem Kanada gab es keine Sonne, keine Liebe, keine Verständigung. Er stellte ihn in ein Land ohne Gießkanne, ohne Hunde, ohne Mädchenaugen. Und da ließ er ihn stehen und verschwendete seinen Blick nicht länger an ihn. Er fuhr fort, sorgfältig einige Tabakreste in ein Stück Papier zu bröckeln, das er auf seinem Stumpf ausgeglättet und mit dem Handballen geplättet hatte. Der Kanadier fühlte die hundert Kilometer und er fühlte die Verstoßung in ein Land ohne Verständigung, und um nicht so weit weg zu bleiben, setzte er sich neben den Alten auf die Mauer. Nun hingen fünf Beine überm Wasser. Er nahm seine Zigarettenpackung und gab sie dem Alten. Und er machte ihm klar, daß er sie behalten und mit dem Jungen teilen sollte. Der Alte sah ihn plötzlich aus großer Nähe an und sagte: Danke. Und sagte das wie: Siehst du, bist'n ordentlicher Kerl. Hab ich gleich gemerkt. Auch ohne Zigaretten. Damit gab er dem Jungen neben sich die restliche Packung. Der aber nahm die Zigaretten langsam und beinahe betont bedächtig aus der Hülle und schnippte sie wie beiläufig und gelangweilt mit zwei Fingern ins Wasser. Weit ins Kanalwasser. Einzeln. Genießerisch tat er das. Acht Zigaretten schnippte er einzeln mit den Fingerspitzen weit in den grünschwarzen Kanal, und die Katze sah ihnen aufgeregt nach. Bill Brook machte die Stirn kraus. Dann dachte er an das eine Bein, das von der Kaimauer hing.

Der Alte schob die beschneiten Augenbrauenbüsche hoch bis an den Haaransatz und knurrte den Jungen an: „Spleen, was? Du kennst keine Gesichter." Der Junge leckte sich seine Zigarette zu, spuckte einen Tabakfussel in den Kanal und sagte, ohne den Mund zu bewegen: „Gib mir lieber Feuer."

Dann sahen sie alle drei auf den schwarzgrünen Silberschlick. Bill Brook fror in dem Land ohne Sonne und ohne Gießkanne und er nahm seinen Stadtplan und hielt sich daran fest. Er fragte den Alten, ob er hier nach Billbrook käme. Dem Stadtteil Billbrook, wiederholte er wichtig. Und als ob es für die Angler mit den drei Beinen etwas anderes gäbe, das Bill Brook heißen könnte. Der Alte nickte, hob sechsmal seine kurzen Finger hoch, die vom Regenwürmersuchen voll schwarzer Erde waren, und sagte dann: Minuten. Er zeigte noch einmal sechzig kurze schwarze Finger: sechzig Minuten. Bill Brook suchte die goldbraune Sonne, und als er sah, daß sie nicht mehr da war, dachte er: Jetzt kann ich nicht mehr hin nach Billbrook, nach dem Stadtteil Billbrook, nach meinem Stadtteil. Sonst wird es Mitternacht, bis ich nach Hause komme. Und er freute sich beinahe, daß er umkehren mußte. Er dachte an die arme krumme Laterne, an die traurige Telefonzelle dachte er und an die unglückliche Plakatsäule. Er stand auf. Der Alte sah an seinen langen blau uniformierten Beinen hoch. Er leckte sich den Daumen und den Zeigefinger sauber, nahm den blauen Stoff vorsichtig dazwischen, rieb ihn andächtig und schob auf seiner

Unterlippe sein fachmännisches Urteil raus. “Gut, gut“, sagte er. Bill Brook sah an sich nieder. Er schämte sich etwas. „Gut, ja, gut“, sagte er dann aber doch. Dann zeigte er in alle vier Himmelsrichtungen und fragte: „Alles kaputt?“ Der Alte antwortete. Ganz leise tat er das: „Alles“, nickte er. „Drei Stunden links. Drei Stunden rechts. Dahin und rückwärts auch: Alles.“ Und er sagte: „Barmbek, Eilbek und Wandsbek“ und „Hamm und Horn“, sagte er. Und „Hasselbrook“. Und „St. Georg und Borgfelde“. Er sagte „Rothenburgsort und Billwerder“. Und „Hammerbrook“. Und „Billbrook“. Und er sagte „Hamburg“ und sagte „Hafen“ und nochmal „Hamburg“. Und er sagte es so, daß Bill Brook glaubte, er hätte Kanada gesagt und hätte Hopedale gesagt. „Hafen“ sagte er und „Hamburg“! Und dann wollte er wieder seine kurzen erdigen Finger hochheben und dem Fremden Zahlen vorzählen – aber dann winkte er mit beiden Armen ab und sagte nur: „Ach! In zwei Nächten. In zwei Nächten alles kaputt. Alles.“ Und sein Arm machte einen Kreis, in dem eine ganze Welt Platz hatte. Bill Brook hob zwei Finger: „Zwei Nächte? Nein! Zwei? Zwei Nächte?“ Er lachte laut und erschrocken. Er lachte, und es war wie kleine Schreie, laut und erschrocken. Die ganze gewaltige große Stadt – in zwei Nächten? Er wußte nicht, was er anderes tun sollte, als lachen. Er dachte an Hopedale und er dachte: Zwei Nächte. Hopedale würde sein wie eine Lüge. Hopedale würde nicht mehr wahr sein nach zwei Nächten. Gelogen. Getilgt. Er dachte, daß vielleicht zehntausend Menschen unter der flachen Stadt liegengeblieben waren. Er lachte: Zehntausend Tote. Flach, platt und tot. Zehntausend in zwei Nächten. Eine ganze Stadt! In zwei Nächten. Flach, platt, tot.

Der Kanadier konnte nicht aufhören zu lachen. Er lachte und lachte. Aber er lachte nicht aus Freude und nicht aus Lust. Er lachte. Lachte aus Unglauben, aus Überraschung, aus Erstaunen, aus Zweifel. Er lachte, weil er es sich nicht vorstellen konnte. Er lachte, weil es ihm unmöglich erschien. Lachte, weil es ungeheuerlich war. Er lachte, weil es ihn fror, weil es ihn erstarren ließ, weil es ihm graute. Es graute ihm und er lachte. Der Kanadier stand in seiner sauberen blauen Uniform in einer unermeßlichen unvergeßlichen Wüste von Steinen und Toten und lachte. Stand mit seinem sauberen glatten Gesicht abends am Kanal neben zwei Anglern, und die hatten staubige faltige Gesichter und hatten nur drei Beine. So stand der Kanadier abends am Kanal und lachte. Da ließ der Einbeinige ein Wort aus dem unbeweglichen Mund auf den grünschwarzen Schlick fallen. Und das Wort klatschte wie eine Ohrfeige. Und dabei sah er den lachenden Soldaten an, daß dem das Lachen wie ein Hilfeschrei im Hals steckenblieb. Aber der Alte hatte gefühlt, daß der Fremde nichts anderes hatte tun können, als lachen. Und er hatte gefühlt, daß es ein Lachen aus Grauen war. Daß es voller Grauen war, grauenhaft. Grauenhaft nicht nur für sie beide, grauenhaft auch für den Lacher. Und der Alte sagte zu dem Einbeinigen: „Du kennst keine Gesichter, hab ich dir doch gesagt." Der Junge zitterte. Und der Alte sagte noch einmal: „Und du kennst keine Gesichter, sag ich dir. Das ist alles."

Bill Brook verstand nicht, was die beiden sagten. Aber er fühlte den Haß aus den Augen des Einbeinigen. Und er sah, daß die Augen des Alten ihn baten, zu gehen. Er scheuerte seinen Fuß zärtlich an dem Fell der Katze. „Ja", sagte er, „gute Nacht." „Nacht", beeilte sich der Alte, „Nacht". Bill Brook drehte sich um und ging, und er dachte: Es ist gut, daß ich gegangen bin.

Als er wieder auf der Straße war, störten ihn ein paar rote Flecke am Himmel. Die waren noch von der Sonne. Blutflecke, dachte er und macht lange energische Schritte der in Blut ersoffenen Sonne nach. Regelrecht rostige Blutflecke – unsympathisch, dachte er. Aber da war plötzlich der Nachtwind. Und der kam ihm wohlwollend und kühl entgegen und war voll Weichheit, wie er leise von der Stadt herwehte. Weich war er und leise, wohlwollend und wohltuend wehte er dem Mann ins Gesicht. Kühl und kameradschaftlich wie ein alter Bekannter aus Kanada. Wind. Wind aus Hamburg. Wind aus Hopedale. Nachtwind. Weltwind. Kühl, leis und von der Stadt her. Weltnachtwind. Der Kanadier knöpfte weit sein Hemd auf. Wind, Nachtwind, wehklagend, Wind aus Plattstadt, aus Flachstadt, Wind aus der Totenstadt. Atem, Nachtatem von zehntausend plattgedrückten Schläfern. Der Kanadier ging schnell, schnell und er sang laut vor sich hin. Und es war inzwischen so dunkel geworden, daß er alle paar Schritte mit dem Fuß gegen Ziegelsteine, verkohlte Balken und Mauerbrocken stieß. Aber er fluchte nicht. Nicht ein Mal. Er sang laut in die Dunkelheit hinein. Laut sang er und lustig sang er. Vielleicht sang er, weil er nicht fluchen wollte, wenn er sich stieß. Vielleicht sang er, weil er nicht an die Toten denken wollte. An die zehntausend Flachen mit dem Nachtatem, dem leisen wehmütigen Wind. Oder weil es so dunkel war. Doch, vielleicht war es so, daß er laut sang, weil es dunkel war. Und er ging schnell und sang. Vor ihm, im trüben Lichtdunst, lag die Stadt. Diese verrückte Stadt, von der ein

Teil Billbrook hieß. Die einen graugrünen See mit weißen Segeln in der Mitte hatte. Und beispielsweise mal eben zehntausend Tote in einer eigenen Totenstadt. Verrückte Stadt, dachte er. Verrückte, lebendige, tote Stadt! Und er ging schnell und singend und war froh, daß sie da vor ihm lag, sichtbar, hörbar, riechbar, im trüben Lichtdunst des Nachtlebens, trübe und verheißungsvoll, mit dem See mittendrin. Und er ging schnell und laut vor sich hin in das Dunkel hineinsingend. Und neben ihm ging sein Schatten. Als er seinen Schatten neben sich sah, dachte er: Mein Gott, läuft der etwa? Und dann zwang er sich, zehn Schritte wenigstens, ganz langsam zu gehen, und er sang nicht. Und als er einen Stern aus Hopedale suchen wollte und stehen blieb und zu dem tintenfarbenen Himmel aufsah, da rief es ihn an, unterweltlich, unwirklich, unausweichlich, spukhaft. Und es rief: „He, Herr Bill Brook, wollen Sie nicht mal eben hersehen? Mal eben meine neuesten Plakate lesen?" Und was da baßstimmig dröhnend rief, das war die schiefe Anschlagsäule, die sich vor Diensteifer noch tiefer auf die Erde bückte. Sie war kahl und nackt und gespenstig und schimmerte hellgrau und bleichbäuchig durch den schmutzfleckigen Samt der frühen Nacht. Und der Kanadier ging schnell. „Juhu! Bill Brook! Wie ist es mit einem kleinen Telefönchen? Kleines Ferngespräch nach Kanada gefällig? Wie? Etwa so: Tote Stadt gesehen! Zehntausend Tote gerochen! Und Krümel, Krümel, Krümel gesehen. Menschkrümel, Steinkrümel, Stadtkrümel, Weltkrümel. Aber laufen Sie doch nicht weg, Bill Brook, he, juhu!" Die dicke dunkelrote glaslose skelettige Telefonzelle wedelte hysterisch mit der Tür und die zerrissenen Drähte pendelten wie Schlangen im Wind. Der Kanadier ging schnell. Und er sang. Und dann fand er, daß es so aussähe, als ob sein Schatten liefe. Er nahm sich vor, langsam zu gehen. Aber er ging schnell, der Kanadier. Da kam ihm kichernd der verblödete erblindete gekrümmte verödete Laternenpfahl entgegengestolpert und stotterte erregt: „Hoppla. Hallo, Billy, Junge! Soll ich dir leuchten? Heimleuchten? Bin 'n großartiger Leuchter; mein Lieber. Aber Billy, bleib doch, Billy!“ Der Kanadier ging schnell. Und er sang laut. Er hatte sein Hemd weit offen. Er sah Hamburg vor sich und er dachte: Hopedale. Und er ging schnell. Er machte Riesenschritte und sein Schatten lief hinterher. Es sah aus, als liefe er. Der Nachtwind kam kühl und Bill Brook ging ihm mit nackter Brust und heißer Stirn entgegen. Und das Dunkel war ein Maul, das spie. Und spie plötzlich zwei gelbe glimmende gleitende Augen aus. Und die Augen kamen ihm entgegen. Und die Augen wurden größer. Und waren gelb und glimmten giftig auf ihn zu. Das muß ein Auto sein, sagte er sich. Natürlich, was sonst? Und wenn es nun kein Auto ist? Aber es ist sicher ein Auto. Gerade als er dachte, es ist vielleicht doch kein Auto, da blieben die beiden glimmenden Augen unvermutet stehen. Er hörte ein Quietschen. Das müssen die Bremsen sein. Dann erblindete das Ungeheuer und die Augen erloschen. Der Kanadier kam heran. Es war ein Auto. Donnerwetter, sagte er da und lachte. Und er fand, daß er eigentlich gar nicht so schnell zu gehen brauchte. Er ging langsamer. Er merkte, daß er ganz naß war. Ich bin so gelaufen. Viel zu schnell. Wie ein Wahnsinniger. Ich glaube, mir war diese tote Stadt mit ihren zehntausend flachen Einwohnern unbehaglich. Ich glaube, ich hatte Angst. Vielleicht hatte ich Angst. Natürlich: Angst. Er gab es sich zu, daß er Angst gehabt hatte. Viel nicht, aber Angst. Warum soll ich auch nicht Angst haben dürfen? Es ist gut, wenn man Angst haben kann. Manchmal ist es gut. Die keine Angst haben, werden Boxer, und ihre Nasen und Seelen sind unförmig und breitgeklopft und häßlich. Und die dürfen keine Angst haben. Arme Boxer. Schlimm für sie, wenn zehntausend Tote ihnen keine Angst machen. Solche Boxer gibt es viel.

Meinetwegen, ich habe Angst gehabt vor den zehntausend Flachköpfigen, Flachbrüstigen. Aber jetzt kommen Häuser auf mich zu. Mit hellen warmen Fenstern und rundköpfigen, lebendigen Menschen. Bill Brook blieb stehen und atmete tief und durstig, als hätte er seit Stunden die Luft angehalten. Und der Nachtwind, der ihn als Atem der Toten angehaucht hatte, wurde warm und vertraut wie der Atem eines großen grauen Tieres. Und das Tier, das ihn ausatmete, hieß Hamburg. Und sein Atem roch nach Topfblumen, frischgegossenen Vorgärten, Abendessen, offenen Fenstern, Menschen. Roch lebendig und warm wie Kuhatem, wie Pferdeatem abends im Stall.

An einer Häuserecke saß sogar ein Hund, vorne Dackel, hinten Terrier, und fegte mit seinem Schwanz enthusiastisch von links nach rechts über die harten Steinfliesen. Als der Kanadier die Ecke erreicht hatte, sah er den Grund zu dem Enthusiasmus des Hundeschwanzes. Der Grund war ein dreizehnjähriges Mädchen, das mit einem Ball spielte. Sie warf ihn um den Rücken herum gegen die Wand und fing ihn mit der Brust wieder auf, wenn er von der Wand zurückprallte. Der Hund hielt den Ball im Abenddunkel vielleicht für ein geheimnisvolles aufregendes Tier. Und der Ball federte leicht und helltönend zwischen der Wand und der Brust des dreizehnjährigen Mädchens hin und her. Und der Hundeschwanz ging mit: Wand – Brust. Wand – Brust. Wand – Brust. Süß, dachte der Mann, der aus der toten Stadt kam. Süß. Aber in fünf Jahren macht sie das auch nicht mehr. Wegen der Brust. Dann ist sie vielleicht achtzehn. Oder zwanzig.

Er lachte laut über seinen Gedanken. Dann ging er weiter. Und ging mit großen sicheren Schritten in die lebendige Stadt hinein. Als Bill Brook eine Stunde später in der Badewanne seines Hotels stand und sich das eisige Wasser über den Rücken prasseln ließ, kam der kleine Schwarze von nebenan mit seinem Konservendosengelächter, stemmte beide Arme gegen die Türfüllung und schrie blechkehlig: „Ohe, Alter, bist du so versumpft, altes Sumpfhuhn, daß du gleich ins Wasser mußt? Kleines schmutziges Verhältnis gehabt, was, Alter? Oder haben sie dich in deinem eigenen Stadtteil mit Dreck beworfen, ja?“ Er krümmte sich vor Gelächter, als ob ihm schlechter Schnaps im Gedärm brenne. Bill Brook schmiß ihm die Seife nach und grinste: „Nee, nur 'n kleinen Trip gemacht in die tote Stadt. Kleinen Boxkampf gemacht mit zehntausend Toten. Und alle beinamputiert. Denk bloß, alle einbeinig!“

Der Schwarzhaarige mit dem Blechlachen machte riesige runde Augen und einen dummen großen offenen Mund. „Aha“, klöterte es dann aus seiner Kehle, „ach so, ihr habt gesoffen!“ Und damit verschwand er gähnend und beruhigt im Nebenzimmer. Kurz darauf hörte Bill Brook seine beiden Kameraden gewaltig und männlich schnarchen.

Dann setzte er sich an den Tisch, zog die Tischdecke ab und legte sie über die Lampe, damit die beiden Schnarcher nicht aufwachten. Er nahm einen Briefbogen. Und dann saß er vor dem leeren Papier und sah in die Lampe. Er wollte von Billbrook schreiben, von dem Stadtteil Billbrook, von der Telefonzelle, der Litfaßsäule, von der Laterne. Er wollte von den beiden Anglern mit den drei Beinen schreiben, von den Zigaretten im Wasser und vom Gras, vom großen grünen grauen Großstadtgras. Von den Leichenfingern wollte er schreiben, von der toten Stadt und ihren zehntausend flachgedrückten plattgedrückten Einwohnern. Von der toten Stadt wollte er schreiben und von dem Mädchen mit dem Ball. Davon wollte er schreiben. Das wollte er denen zu Hause schreiben, denen in Kanada, denen in Labrador. Aber dann schrieb er kein Wort davon. Dann schrieb er kein Wort von der toten Stadt. Dann schrieb er nur von Hopedale, vom Wind in Hopedale, vom Hafen in Hopedale und vom Wasser in Hopedale. Er sah in die Lampe. Und dann schrieb er unter seinen Brief noch einen Satz: „Ich glaube, es ist nicht so schlimm, daß die beiden Kühe eingegangen sind.“ Das schrieb er. Und dann noch: „Nein, es ist bestimmt nicht so schlimm.“ Er leckte den Brief zu und sagte: „Es ist auch wirklich nicht so gefährlich mit den beiden Kühen.“

Er stand auf und machte das Licht aus. Dann ging er ans Fenster und sah in die Nacht hinaus. Da drüben blinkten die Sterne in der Alster. Und die Alster lag da schwarz und mittendrin. Und plötzlich klirrten die Fenster. Draußen fuhr eine Kolonne von schweren dicken Lastwagen vorbei. Ihre gelben großen Augen blinzelten durch den Nachtnebel. Ihre Motore schnoben wie eine Herde wütender Elefanten. Die Fenster klirrten heimlich und erregt.

„Schön. Schön!" flüsterte der Kanadier und drückte seine heiße Stirn gegen das kalte Glas.

„Schön, daß hier alles so lebendig ist. Hier. Und in Hopedale." Und er ging leise ins Zimmer zurück. Heimlich und erregt klirrten die Fenster.

Die Elbe

Blick von Blankenese

Links liegt Hamburg. Da, wo der viele Dunst liegt. Und der kommt von dem vielen Lärm, von den Menschen und der Arbeit, die da sind, in Hamburg.

Drüben liegt Finkenwerder. Aber Finkenwerder ist klein, denn es liegt da ganz drüben, und dazwischen liegt der Strom. Und drüben, das ist ziemlich weit.

Rechts liegen noch ein paar Häuser und manchmal eine Straße oder ein Graben. Und dann liegt da nachher bald die Nordsee. Und da liegt viel Dunst. Von dem vielen Wasser, das da ist.

So ist das links, drüben und rechts. Hamburg und Finkenwerder und die Nordsee. Und hinten?

Hinten liegen ein paar Wiesen und ein paar Wälder. In den Wiesen und den Wäldern liegen Kühe, Kuhfladen, Nebel, Nächte. Liegen Kaninchen, Sonne, Heidekraut und Pilze. Hin und wieder liegen Strohdächer dazwischen, Misthaufen, Fuchslöcher, Regenpfützen und Knickwege. Aber sonst nicht viel. Und nachher liegt da auch bald Dänemark.

Oben liegt der Himmel und da liegen die Sterne drin.

Darunter liegt die Elbe. Und da liegen auch Sterne drin. Dieselben Sterne, die im Himmel liegen, liegen auch in der Elbe. Vielleicht sind wir gar nicht so weit ab vom Himmel. Wir in Blankenese. Wir in Barmbek, in Bremen, in Bristol, Boston und Brooklyn. Und wir hier in Blankenese. Aber man muß die Sterne natürlich sehen, die hier unten schwimmen, in der Elbe, im Dnjepr, in der Seine, im Hoangho und im Mississippi.

Und die Elbe? Die stinkt. Stinkt, wie eben das Abwaschwasser einer Großstadt stinkt: nach Kartoffelschale, Seife, Blumenvasenwasser, Steckrüben, Nachttöpfen, Chlor, Bier und nach Fisch und nach Rattendreck. Danach stinkt sie, die Elbe. Wie eben das Spülwasser von ein paar Millionen Menschen nur stinken kann. So stinkt sie aber auch. Und sie läßt keinen Gestank aus, der auf der Welt vorkommt.

Aber die sie lieben, die weit weg sind und sich sehnen, die sagen: Sie riecht. Nach Leben riecht sie. Nach Heimat hier auf der verlorenen Kugel. Nach Deutschland. Ach, und sie riecht nach

Hamburg und nach der ganz großen Welt. Und sie sagen: Elbe. Sie sagen das weich und wehmütig und wollüstig, wie man einen Mädchennamen sagt. So: Elbe!

Früher gab es riesige Schiffe. Dampfer, Kästen, Paläste, die einen übermütigen tränenlosen Abschied riskierten. Die abends wie gewaltige Wohnblocks, wie kühn konstruierte, schmal geschnittene phantasievolle gigantische Etagenhäuser im Strom lagen und träge und weltsatt und meermüde gegen die nächtlich erregten Kais trieben. Die gab es früher, diese zyklopischen schwimmenden Termitenberge, von Millionen Glühwürmern erleuchtet, gemütlich, großmütig und geborgen glimmend, grün und rot und hektisch weißglühend. Sie konnten mit lärmender Blechmusik eine turbulente tränenlose tolle Ankunft riskieren. Ankunft und Ausfahrt: Mutige Blechmusik. So war das damals. Gestern.

Ob sie voll Fernweh und Macht und Mut ausfuhren auf die weiten Wasser der Welt – oder ob sie voll Weltatem und Weltware und Weisheit heimkamen von den Teichen zwischen den Kontinenten: Immer lagen sie voll Mut im Elbstrom, Titanen hinter den hustenden Schleppern, schimmernd aus dem Qualm der Barkassen aufragend, Festungen, unantastbar, gebirgig, übermütig.

Immer funkelte ein Übermaß an Mut aus den tausend bulläugigen Fenstermäulern. Immer zitterte ein Überschuß an Freude aus den Messingmäulern ihrer Mußidenn-Kapellen. Immer war es eine Überfülle an Kraft, die aus den stolzen Mäulern der Schornsteine stob und schnob, stampfte und dampfte. Kraft, die weißluftig aus den karpfenmäuligen Sirenenrohren zischte. Lachende lustvolle lebendige Elbe!

So war das. Damals. Gestern.

Aber manchmal gibt es Zeiten, und sie liegen grauer als der graue Dunst Hamburgs über der uralten ewigjungen Elbe, dann sind der Mut und die Freude und die Kraft auf See geblieben, dann sind sie an fremden, kalten, wüsten Küsten verschollen. Dann sind sie überfällig, die Freude, der Mut und die Kraft.

Das sind die dunstgrauen, die nebelgrauen, die weltgrauen Zeiten, in denen es vorkommen kann, daß kleine weiße aufgeschwemmte Menschenwracks auf den graugelben schmuddeligen Sand von Blankenese oder Teufelsbrücke geworfen werden. Dann passiert es, daß vollgelaufene fischig-stinkende menschfremde Tote gegen das Schilf von Finkenwerder oder Moorburg knistern und wispern. Dann geschieht es, daß an diesen grauen Tagen Liebende, Ungeliebte, Verzweifelte, Müde, Todestraurige, Selbstmordmutige, denen der Mut zum Leben ausging – Freudlose und Freundlose, Kraftlose, die nur noch einen Freund im Elbstrom hatten, die nur noch die Kraft zum Tod hatten – daß diese, das geschieht dann in den grauen Nächten, daß diese von Elbwasser Besoffenen, die sich am Elbwasser zu Tode berauschten, dumpf und drohend und dröhnend gegen die Pontons von Altona und den Landungsbrücken stoßen. Rhythmisch dumpfen sie dagegen, eintönig, gleichmäßig wie Atem. Denn der Wellengang der Elbe, der Stromatem, ist nun ihr Rhythmus – das Wasser der Elbe ist nun ihr Blut. Und dann klatschen in den grauen Nächten die kalten kalkigen

Menschenleichen klagend gegen die Kaimauern von Köhlbrand und Athabaskahöft. Und ihre einzige Blechmusik sind die blechernen Möwenschreie, die geil und voll Gier über den Menschfischen schwirren. So ist das in den grauen Zeiten.

Meerhungrige Riesenkästen, ozeansüchtige Wohnblocks, winderfahrene Paläste voll Ausfahrt und Ankunft mit lärmender Blechmusik dickbäuchiger Messingkapellen –

Wassersüchtige Menschenwracks, todsehnende Lebendige, wellenvertraute wellenverliebte Wasserleichen voll Abschied und Endgültigkeit mit einsamem Blechschrei schmalflügeliger Lachmöwen:

Lustvolle leidvolle Elbe! Lustvolles leidvolles Leben!

Aber dann kommen die unauslöschlichen, die unaustilgbaren, die unvergeßlichen Stunden, wo abends die jungen Menschen, von der Sehnsucht nach Abenteuern randvoll, auf den geheimnisvollen Holzkästen stehen, die den geheimnisvollen Namen Ponton haben, einen Namen, der schon drucksend und glucksend all ihr zauberhaftes Heben und Senken vom Atem des Stromes verrät. Immer werden wir wieder auf den sicheren schwankenden Pontons stehen und eine Freude in uns fühlen, einen Mut in uns merken und eine Kraft in uns kennen. Immer wieder werden wir auf den Pontons stehen, mit dem Mut zum Abenteuer dieses Lebens, und den Atem der Welt unter unsern Füßen fühlen.

Über uns blinkt der Große Bär – unter uns blubbert der Strom. Wir stehen mittenzwischen: Im lachenden Licht, im grauen Nebel der Nacht. Und wir sind voll Hunger und Hoffnung. Wir sind voll

Hunger nach Liebe und voll Hoffnung auf Leben. Und wir sind voll Hunger auf Brot und voll Hoffnung auf Begegnung. Und wir sind voll Hunger nach Ausreise und voll Hoffnung auf Ankunft.

Immer wieder werden wir in den grauen Zeiten auf den mürbeduftenden schlafschaukelnden lebenatmenden Pontons stehen mit unserem heißen Hunger und mit unserer heiligen Hoffnung.

Und wir wünschen uns in den grauen Zeiten, den Zeiten ohne die schwimmenden Paläste, voll Mut auf den kleinen Motorkahn, auf den Fischfänger, den Küstenkriecher, wünschen uns ein brennendes Gesöff ins Gedärm und eine weiche warme Wolle um die Brust und ein Abenteuer ins Herz. Wünschen uns voll Mut zur Ausfahrt, voll Mut zum Abschied, voll Mut zum Sturm und zum Meer.

Und wir wünschen uns (in diesen grauen Zeiten, wo es die großen Kästen nicht gibt) muskelmüde auf die heimkommenden kleinen Fischkutter, die mit asthmatischem Gepucker im Leib die Elbe reinkommen, um einmal so voll von Heimkehr, voll Fracht und Erfahrung sein zu können. Um einmal die Stadt des Heimwehs, die Stadt der Heimkehr im Blut zu haben, herrlich, schmerzlich Hamburg zu schreien, zu schluchzen – einmal voll Nachhausekommen zu sein. Und wir wünschen uns zerschlagen und windmüde auf die kleinen Fischkutter, schwatzend, schrubbend, schimpfend oder schweigend – wünschen uns die Lust, die unfaßbare Tränenlust, einmal Heimkehrer zu einer Hafenstadt zu sein.

Und wenn wir abends auf den wiegenden Pontons stehen – in den grauen Tagen – dann sagen wir: Elbe! Und wir meinen: Leben! Wir meinen: Ich und du. Wir sagen, brüllen, seufzen: Elbe – und meinen: Welt! Elbe, sagen wir, wir Hoffenden, Hungernden. Wir hören die metallischen Herzen der kleinen tapferen armseligen ausgelieferten treuen Kutter tuckern – aber heimlich hören wir wieder die Posaunen der Mammutkähne, der Großen, der Gewaltigen, der Giganten. Wir sehen die zitternden kleinen Kutter mit einem roten und einem grünen Auge abends im Strom – aber heimlich sehen wir wieder, wir Lebenden, Hungernden, Hoffenden, die bulläugigen lichtverschwendenden blechmusikenen Kolosse, die Riesen, die Paläste.

Wir stehen auf den abendlichen schaukelnden Pontons und fühlen das Schweigen, den Friedhof fühlen wir und den Tod – aber tief in uns hören wir wieder das Gewitter, das Gedonner und Gedröhn der Werften. Tief in uns fühlen wir das Leben – und das Schweigen über dem Strom wird wieder platzen, wie eine Lüge, von dem Lärm, von der Lust des lauten Lebens! Das fühlen wir – tief in uns abends auf den flüsternden Pontons.

Elbe, stadtstinkende kaiklatschende schilfschaukelnde sandsabbelnde möwenmützige graugrüne große gute Elbe!

Links Hamburg, rechts die Nordsee, vorn Finkenwerder und hinten bald Dänemark. Um uns Blankenese. Über uns der Himmel. Unter uns die Elbe. Und wir: Mitten drin!